Pequenas tragédias

COLEÇÃO A OBRA-PRIMA DE CADA AUTOR

Pequenas tragédias
Alexandr Púchkin

TEXTO INTEGRAL

Tradução do russo e notas
Oleg Almeida

© *Copyright* desta tradução: Editora Martin Claret Ltda., 2012.
Título original: *Маленькие трагедии*.
Ano da primeira publicação:
O cavaleiro avaro (*Скупой рыцарь*): 1836; *Mozart e Salieri* (*Моцарт и Сальери*): 1831; *O convidado de pedra* (*Каменный гость*): 1839; *Festim em tempos da peste* (*Пир во время чумы*): 1832.

Direção
Martin Claret

Produção editorial
Carolina Marani Lima / Flávia P. Silva

Diagramação
Giovana G. Leonardo Fernandes / Gabriele Caldas Fernandes

Direção de arte
José Duarte T. de Castro

Capa
Ilustração: *O jardim das delícias* (detalhe), Hieronymus Bosch.

Miolo
Tradução do russo e notas: Oleg Almeida
Revisão: Rosana Gilioli / Regina Machado / Leonardo Almeida
Impressão e acabamento: Meta Solutions

Este livro segue o novo Acordo Ortográfico da Língua Portuguesa.

Dados Internacionais de Catalogação na Publicação (CIP)
(Câmara Brasileira do Livro, SP, Brasil)

Púchkin, Alexandr Serguéievitch, 1799-1837.
  Pequenas tragédias / Alexandr Púchkin; tradução do russo por Oleg Almeida. — São Paulo: Martin Claret, 2012. — (Coleção a obra-prima de cada autor; 320)

  ISBN 978-85-7232-867-8

  1. Teatro russo I. Título. II. Série

12-07624   CDD-891.72

Índices para catálogo sistemático:

1. Teatro: Literatura russa 891.72

EDITORA MARTIN CLARET LTDA.
Rua Alegrete, 62 – Bairro Sumaré – CEP: 01254-010 – São Paulo – SP
Tel.: (11) 3672-8144 – Fax: (11) 3673-7146
www.martinclaret.com.br
1ª reimpressão – 2014

Sumário

Prefácio: O jardim dos pecados humanos na visão
dramática de Púchkin 7

Pequenas tragédias

O cavaleiro avaro 21
Mozart e Salieri 43
O convidado de pedra 57
Festim em tempos da peste 95

Posfácio: O sol da poesia russa 105

O JARDIM DOS PECADOS HUMANOS NA VISÃO DRAMÁTICA DE PÚCHKIN[1]

Alexandr Púchkin compôs as *Pequenas tragédias* sob o influxo de circunstâncias adversas e incontroláveis. Em setembro de 1830, ele foi a Bóldino, povoação situada na região de Níjni-Nóvgorod[2] e pertencente à sua família, a fim de tratar dos negócios desta. Noivo de Natália Gontcharova,[3] considerada a primeira beldade moscovita, estava bem animado, tanto mais que uma das metas de sua viagem consistia em penhorar parte da propriedade rural cedida pelo pai e, desse modo, arranjar dinheiro para o futuro casamento. Não pretendia demorar-se em Bóldino, embora gostasse da paisagem campestre e do sossego provinciano, nem lhe passava pela cabeça que permaneceria lá três longos meses, por motivos, como se diz hoje, de força maior. Uma epidemia de cólera, que eclodiu na Rússia central, isolou o vilarejo do mundo externo, deixando Púchkin numa espécie de reclusão solitária, longe da amada, dos familiares e dos amigos. Não é difícil imaginar a situação aflitiva em que se viu dessa feita.

---

[1] As *Pequenas tragédias* são citadas pela edição: А.С. Пушкин. Собрание сочинений в десяти томах. Москва, 1959-1962; том 4, стр. 299-381, em que também se baseia a tradução desta obra para o português.
[2] Grande cidade russa (conhecida como Górki de 1932 a 1990) localizada nas margens do rio Volga.
[3] Natália Nikoláievna Gontcharova (1812-1863): esposa do poeta Alexandr Púchkin (entre 1831 e 1837) e, posteriormente, do general Piotr Lanskoi (de 1844 a 1863).

Por um lado, a ociosidade contrariava a natureza entusiástica dele; por outro lado, a temível doença, que o afastara da gente querida, vinha desafiando seu talento, sugeria-lhe novas ideias, aguçava os sentimentos, fazia sua pena correr com uma rapidez extraordinária.

> Aquilo que trouxer perigos
> Mortais, encerra, meus amigos,
> Prazeres sumos em seu seio,
> Penhor, talvez, da eternidade!
> Feliz quem os achar no meio
> Da furiosa tempestade...

— assim se referiria o próprio poeta ao singular arroubo criativo que vivenciara "em tempos da peste". Púchkin ficou em Bóldino até dezembro de 1830, e nesse período foram concebidas muitas de suas obras mais importantes: os últimos capítulos do "romance em versos" *Evguêni Onêguin*, cinco *Contos de Bêlkin*, o poema *Casinhola de Kolomna* em doze primorosas oitavas e cerca de trinta poesias líricas, alguns artigos sobre a literatura e, finalmente, um ciclo de cenas dramáticas intitulado *Pequenas tragédias*. O dito "outono de Bóldino" entrou na história como o ponto culminante que o gênio russo havia atingido em sua ascensão gloriosa. Na opinião do professor Sergei Davydov, "mesmo se ele não tivesse escrito nada além do que escreveu durante aquela temporada, ainda seria o maior poeta da Rússia".[4]

Púchkin cogitava a obra em questão desde 1826. Segundo seu plano inicial, viriam a lume dez peças ambientadas nos mais variados países e séculos — *O avarento, Rômulo e Remo, Mozart e Salieri, Dom Juan, Jesus, Beraldo de Saboia, Pável I, O demônio apaixonado, Dmítri e Marina, Kurbski* — cujo tema principal seria a invariável multiplicidade de

---

[4] DAVYDOV, Sergei. *Strange and savage joy...* In: *Alexander Pushkin's Little Tragedies. The poetics of brevity*. Ed. by Svetlana Evdokimova. University of Wisconsin — Madison, 2003, p. 89.

pecados e vícios humanos. O poeta acabou por escolher três títulos dessa lista, acrescentando depois mais um, sugerido tanto pelo cenário real de sua estada em Bóldino quanto por um dos livros que lera nesse meio tempo, de sorte que a versão definitiva das *Pequenas tragédias*, tal como a conhecemos nos dias atuais, inclui quatro textos antológicos: *O cavaleiro avaro, Mozart e Salieri, O convidado de pedra* (*Dom Juan*) e *Festim em tempos da peste*. Redigidos em, mais ou menos, uma quinzena (a primeira peça data de 23 de outubro, e a última, de 6 de novembro de 1830), num rasgo de inspiração pasmosa, eles parecem, vez por outra, breves em demasia, fragmentários, até incompletos, como se o autor os tivesse criado de forma espontânea, sem rascunhos nem correções. Aliás, ele mesmo sabia disso, já que chamava sua obra-prima apenas de "ensaio dramático" e aparentemente não se dispunha a levá-la aos palcos. Seja como for, a beleza das *Pequenas tragédias* não diminui em função de seu estilo algo sincopado; pelo contrário, vislumbra-se nelas, ao cabo de repetidas leituras, aquela concisão suprema que põe cada palavra no lugar exato e substitui com uma ou duas metáforas deslumbrantes uma infinitude de tropos supérfluos. A impressão forte e misteriosa que vem dessas poucas páginas de lacônicos versos brancos pode ser comparada à que surge perante *O jardim das delícias* e similares quadros do mítico Hieronymus Bosch.[5]

O personagem d'*O cavaleiro avaro*, barão consumido pela sordidez, lembra vivamente Euclião (*A comédia da panela*[6] de Plauto), Harpagon (*O avarento*[7] de Molière) e Pliúchkin (*Almas mortas*[8] de Gógol). Riquíssimo que está, ele abdica a

---

[5] Hieronymus Bosch (cerca de 1450-1516): grande pintor holandês, um dos remotos precursores do movimento surrealista.

[6] Comédia de Tito Máccio Plauto (cerca de 254 -184 a.C) encenada por volta de 195 a.C.

[7] Comédia de Jean-Baptiste Molière (1622-1673) estreada em 1668.

[8] Romance de Nikolai Vassílievitch Gógol (1809-1852) publicado em 1842-1855.

todos os prazeres mundanos em favor de sua paixão pelo ouro escondido na cava de seu castelo. O monólogo que profere, descendo ali de noite:

> Como um patusco jovem, esperando
> Por uma libertina rematada
> Ou boba seduzida, esperei,
> O dia todo, pela hora quando
> Descer pudesse ao porão secreto
> Dos meus baús...

— é assustador em sua macabra sinceridade. Abrindo, um por um, os baús para contemplar o tesouro acumulado, ele brada, num êxtase quase erótico:

> Sou rei, sou rei!... Que brilho milagroso!
> Meu reino se sujeita às minhas ordens;
> É minha honra, glória e felicidade!

— e logo passa a pensar nas fontes obscuras e, muitas vezes, ignóbeis desse dinheiro:

> Sim, caso o sangue, lágrimas, suor,
> Que tinham sido derramados por aquilo
> Que guardo, de repente ressurgissem
> Da terra juntos, haveria um dilúvio...

Ao invés dos outros avarentos notáveis, ele não é comerciante nem agiota, e, sim, um cavaleiro, representante da velha nobreza. Buscando justificar e, de certa maneira, engrandecer a mesquinhez, o barão sonha com o poder ilimitado ("Tudo me serve, nada me subjuga..."), o fabuloso luxo dos palácios que ergueria, se quisesse, e as artes cujo florescimento ou declínio dependeria tão só de sua vontade.

> ... Qual um demônio,
> Daqui eu posso governar o mundo!

— declara, cheio de soberba. Contudo os sonhos não podem abafar a voz do remorso, "aquele bicho de garras afiadas que arranha os corações", de ter alimentado sua avareza com desgraças alheias, nem abrandar o medo que lhe suscita o porvir. Recorda-se, então, do filho Albert, que vive, ao lado dele, numa paupérie deplorável, e acusa-o, à revelia, da torpe intenção de esbanjar toda a fortuna paterna, assim que o pai falecer. Nem sequer suspeita que a morte anda, de fato, no seu encalço. Repudiando, com indignação, a proposta de envenenar o pai, que lhe faz um dos credores, Albert decide recorrer ao duque na esperança de que este convença o barão de tratá-lo com mais generosidade. O desfecho se dá na frente do soberano: tomado de fúria, o barão desafia o filho, a quem tacha de leviano, perdulário e, afinal, de criminoso, para um duelo, e morre, em seguida, vítima de mal súbito. "Terríveis corações, terríveis tempos!" — exclama o duque, horrorizado com o fim do cavaleiro avaro.

Tendo em foco outro pecado capital, a inveja patológica, o drama *Mozart e Salieri* é igualmente funesto. Trata-se nele do suposto assassinato de Mozart pelo compositor e maestro italiano Antonio Salieri. Púchkin mostra esse artista revoltado com o sucesso precoce e grandioso de seu colega:

Não há justiça, todos dizem, cá na terra.
Tampouco lá no céu... Aquilo me é claro
Como uma simples gama.

Ele dedicou a vida inteira à música, trabalhando com seriedade e perseverança inesgotáveis, superando imensos obstáculos, consolidando, aos poucos, sua reputação, e tudo isso serviu apenas de prelúdio para sua total e humilhante derrota. Em face daquele frívolo e jovial boêmio Mozart que parece nem ter estudado a harmonia, Salieri se sente um medíocre artesão, um pinta-monos prostrado aos pés de Rafael. Confessa a "profunda e dolorosa" inveja, que o persegue o tempo todo, e dirige uma indagação blasfema a Deus:

... Onde estará
Sua justiça, pois o gênio imortal,
O dom sagrado não foi dado para
Recompensar ardor, abnegação,
Trabalhos, orações, esforços, mas somente
Para aureolar a testa dum maluco,
Dum malandrim?...

O encontro com Mozart, o qual toca uma belíssima melodia que improvisou em alguns minutos e, pelo visto, sem nenhuma dificuldade, deixa o altivo Salieri ainda mais despeitado. Sim, várias décadas de labor exaustivo foram gastas em vão, e ele mesmo, celebridade que todos respeitam e bajulam tanto, não passa de "uma serpe pisada pelos homens, a morder o solo, débil, mas ainda viva"! Uma ideia terrível brota em sua mente transtornada:

Não posso resistir à decisão
Do meu destino: fui eleito para
Retê-lo, pois, se não, estamos todos
Perdidos, todos nós, os sacerdotes
Da música, criados dela, não apenas eu
Com minha fama surda...

Na hora do almoço, que Salieri pretexta para realizar seu hediondo plano, Mozart pergunta, por mero acaso, se são verídicos os boatos de que Beaumarchais, um dos dramaturgos mais aclamados da época, teria envenenado alguém.

Não creio, não: para fazer aquilo, era
Ridículo demais...

— replica Salieri com falsa indiferença, e Mozart corrige-o, pensativo:

... Um gênio, como
Nós dois, amigo meu. E duas coisas
Incompatíveis são o gênio e o crime,
Não são?

— sem saber que um veneno letal já está dissolvido no seu próprio copo. Ao despedir-se de Mozart, a quem restam algumas horas de vida, Salieri fica chorando, arrependido, quiçá, do crime que acaba de cometer e, com certeza, convicto de sua nulidade artística.

... Dormirás
Por muito tempo, Mozart! Mas terias mesmo
Razão: não sou um gênio? Duas coisas
Incompatíveis são o gênio e o crime.

— repete com desespero. "Terríveis corações, terríveis tempos!" — quer exclamar, por sua vez, o leitor chocado.

A lenda de Dom Juan, lascivo espadachim medieval cuja imagem foi evocada por inúmeros autores, de Tirso de Molina[9] (*O burlador de Sevilha e o convidado de pedra*, 1630) e Carlo Goldoni[10] (*Don Giovanni Tenorio ou O dissoluto punido*, 1736) a George Byron[11] (*Dom Juan*, 1819-1823) e Prosper Mérimée[12] (*As almas do Purgatório*, 1834), dá início à peça *O convidado de pedra*. Expulso de Madri por ordem real, Dom Juan aproveita a primeira oportunidade para voltar ali, à socapa, e retomar o *modus vivendi* que lhe valeu a má fama de "devasso ateu indigno". Ele não reconhece nenhuma das autoridades terrestres e divinas, tirante a luxúria pagã da qual procedem todos os seus impulsos irrefreáveis. A serviço desse ídolo poderoso, chega a infringir, numa noite só, dois mandamentos cristãos: mata um homem flagrado na casa da atriz e cortesã Laura, uma das suas antigas amantes, e resolve

---

[9] Tirso de Molina (1579-1648): dramaturgo, poeta e teólogo espanhol.
[10] Carlo Goldoni (1707-1793): dramaturgo italiano, um dos fundadores da comédia moderna.
[11] George Gordon Byron (1788-1824): o maior poeta inglês do século XIX.
[12] Prosper Mérimée (1803-1870): famoso contista e romancista francês.

seduzir a virtuosa Dona Ana, viúva do comendador morto em duelo, também por ele, uns anos antes. Disfarçando-se de monge e usando um nome fictício, encontra-a ao pé da sepultura do marido, no único local que ela tem visitado desde que se vestiu de luto, e lança mão de sua eloquência fascinadora:

> Que seja enterrado meu cadáver
> Neste lugar — não junto do finado
> Que vós amais, não perto, mas algures
> Mais longe, na entrada, rente
> Das portas, para que possais roçar
> Com vosso pé ligeiro nele, ou a roupa, quando
> Vierdes inclinar-vos, dispersando
> Vossos cabelos nessa altiva tumba,
> Chorando...

"Sois insano!" — responde Dona Ana, amedrontada com seu ardor, mas Dom Juan insiste:

> ... Desejar
> A morte, pois, seria um sintoma
> De insanidade? Não, se fosse louco,
> Queria eu viver, esperançoso
> De abrandar o vosso coração com minha
> Ternura...

Que mulher resistiria à tamanha astúcia? Mesmo ciente de que Dom Juan matou seu esposo, Dona Ana se entrega, embevecida, às carícias dele. De chofre, o idílio amoroso fica interrompido pelo advento do Convidado de Pedra, a estátua do finado comendador, que leva o libertino para o inferno. No conceito de Serguei Bôndi,[13] essa estátua vivificada simboliza "todo o passado de Dom Juan, toda a sua vida volúvel e desregrada, todo o mal perpetrado por ele", o fardo de que o pecador não consegue livrar-se. Por mais que

---

[13] А.С. Пушкин. Ук. соч, стр. 581.

Dom Juan se pretenda "transfigurado" pelo amor por Dona Ana, "não é possível destruir o passado (...) e no momento em que a felicidade é tida por alcançada, este passado ressuscita e põe-se entre Dom Juan e sua felicidade..." — conclui o estudioso russo.

O último drama puchkiniano ostenta um nome sinistro: *Festim em tempos da peste*. Tomando por base a obra *Cidade da peste*, do autor escocês John Wilson, Púchkin relata a Grande Praga londrina, o surto de peste bubônica que arrasou Londres em 1665, e a mestria habitual com que descreve a atmosfera de pânico e desconsolo generalizados na cidade infectada traz à memória as épicas narrações de Tucídides[14] e Boccaccio.[15] A permanente ameaça de contágio e morte provoca uma histeria coletiva, personificada por Walsingham, promotor da ruidosa festança em plena rua, por onde passam, uma atrás da outra, as carroças transbordantes de cadáveres. Esse homem, que perdeu a mãe e a esposa no decorrer da epidemia, não valoriza mais sua vida. Desde que nem a ciência profana nem a sabedoria celestial se opõem à calamidade, não há remédio senão mergulhar na esbórnia para aliviar a dor no peito ou, pelo menos, morrer saciado de prazeres.

Mandemos o pavor às traças
E, nosso espírito enlutado
A soçobrar nas ledas taças,
Louvemos, Peste, teu reinado

Apela Walsingham aos convivas que tentam, iguais a ele, curar seus pesares com vinho, canções e beijos da "criatura libertina, mas linda".

---

[14] Tucídides (cerca de 460-400 a.C): célebre historiador grego, cuja descrição da peste ateniense de 431 a.C (*História da guerra do Peloponeso*) é considerada clássica.

[15] Giovanni Boccaccio (1313-1375): grande escritor italiano, cuja principal obra (*Decamerão*) faz menção à dita Peste Negra de 1348.

Hereges loucos, festa impudica!

— exorta um sacerdote, que aparece no meio da turba ensandecida:

... Eu vos rogo,
Pelo sagrado sangue do messias
Por nós crucificado: se quiserdes
Reaver no céu as almas dos amados mortos,
Deixai a monstruosa festa e voltai
A casa!

Contudo, Walsingham não acredita na possibilidade de alcançar o paraíso nem teme o castigo póstumo. Sua fé, humildade e esperança sucumbiram à peste:

Vai, vai em paz; porém, maldito seja
Quem te seguir!

— nestas palavras se manifesta a rebelião de Walsingham contra a cristandade. Apenas o orgulho, um indomável orgulho, é que fermenta em sua alma calcinada. O sacerdote se retira, deixando-o "imerso numa meditação profunda": quão desmedida seria a culpa da humanidade, sendo a pena tão atroz?

Destinados antes à leitura que à interpretação teatral, as *Pequenas tragédias* foram diversas vezes encenadas por toda uma plêiade de diretores russos. Embora desconhecidos no Brasil, merecem realce o espetáculo montado por Leonid Vivien[16] em 1962 e a série televisiva produzida, em 1979,

---

[16] Leonid Serguéievitch Vivien (1887-1966): ator, diretor e pedagogo teatral, diretor artístico do Teatro Dramático de Leningrado (atualmente Teatro Alexandrínski).

por Mikhail Schweizer,[17] com o lendário Vladímir Vyssótski[18] no papel de Dom Juan, os quais tiveram, quando de sua estreia, uma audiência fenomenal. Entretanto, a projeção da obra puchkiniana não se restringiu à terra de seu criador. Os traços dela transparecem no lúgubre colorido d'*A peste* de Albert Camus,[19] leitor atento do poeta russo; nela se inspira, em parte, o esplêndido *Amadeus* de Miloš Forman[20] que teve sucesso pelo mundo afora e foi galardoado, em 1985, com oito Oscars. Abordando os temas tradicionais da literatura e mitologia ocidental, Púchkin ultrapassa a didática unipolaridade destes. Seu jardim dos pecados humanos, onde a avareza ombreia a luxúria e o orgulho avizinha a inveja, vai muito além do campo edificante dos contos de fadas e parábolas religiosas. Seus pecadores punidos fisicamente (O barão, Dom Juan) ou condenados à punição moral (Salieri, Walsingham) não são personagens convencionais nem mesmo tipos literários, e, sim, verdadeiros símbolos dos delitos e das transgressões que praticam. A grandeza das *Pequenas tragédias* reside nesse enxuto e universal simbolismo que as torna consoantes a qualquer cultura e mentalidade. Feitas as contas, os homens só mudam de trajes e, raras vezes, de cacoetes, enquanto a sua essência continua imutável, mesmo em nosso tecnogênico e transgênico terceiro milênio.

Oleg Almeida

---

[17] Mikhail Abrâmovitch Schweizer (1920-2000): diretor de cinema, autor de filmes baseados nas obras de Tolstói, Tchékhov, Púchkin, Gógol e outros escritores russos.

[18] Vladímir Semiônovitch Vyssótski (1938-1980): cultuado ator e bardo soviético.

[19] Albert Camus (1913-1960): escritor e dramaturgo francês, laureado com o Prêmio Nobel de 1957.

[20] Miloš Forman (1932): cineasta tcheco, radicado, desde 1968, nos Estados Unidos da América.

Pequenas tragédias

O CAVALEIRO AVARO

(cenas da tragicomédia *The covetous knight*, de Shenstone)[1]

CENA I*

Na torre.

Albert e Ivan.

Albert
A todo preço, vou participar
Eu, do torneio. Deixa ver o elmo,
Ivan.

Ivan estende-lhe o elmo.

    Furado, estragado. Não se pode
Usá-lo. Arranjar um novo
Precisarei. Que golpe! Ó maldito
Conde Delorge!

---

[1] Trata-se do poeta inglês William Shenstone (1714-1763). Púchkin cita seu nome a fim de criar uma arguta mistificação literária: na realidade, *O cavaleiro avaro* não tem nada a ver com as obras de Shenstone.

* Nesta edição, optamos por manter a diagramação das cenas do texto original; pois, tradando-se de uma obra teatral em que as réplicas dos personagens não só se revezam, mas também se complementam, acreditamos que, se todas as falas fossem colocadas no mesmo nível, o ritmo do texto ficaria prejudicado. (N. do E.)

Ivan
   Todavia vos vingastes:
Depois que o tirastes dos estribos,
Ficou desacordado o dia todo.
Duvido que se tenha já
Recuperado.

Albert
   Mas não teve prejuízo:
Está intacto seu peitilho de Veneza,
Enquanto o próprio peito, para ele,
Não vale nada — vai comprar um outro?
Por que não lhe tomei de pronto o elmo?!
Tomá-lo-ia, mas me envergonhei
Das damas e do duque. Torpe conde!
Se me tivesse esburacado a cabeça,
Melhor seria. E de novas roupas
Preciso mesmo. Todos os fidalgos
Andavam de veludo, desta vez,
E de cetim; só eu trajava minha
Couraça no festim do duque. Disse
Ter vindo por acaso. E agora,
O que direi? Pobreza, ó pobreza!
Humilha-nos o coração deveras!
Quando Delorge perfurou meu elmo
Com sua lança e passou bem perto,
E eu dei esporadas, de cabeça
Desprotegida assim, ao meu Emir
E, galopando qual um turbilhão,
Fi-lo cair a vinte passos, como
Se fosse um pequeno pajem; quando
As damas se soergueram, e Clotilde
Gritou, cobrindo o rosto, sem querer,
E os arautos aclamaram minha
Lançada, — o porquê de meu denodo
E desta minha força milagrosa
Ninguém adivinhou! E fora apenas
O elmo rebentado que causara

O tal furor. A sordidez gerara
Minha proeza. Sim, contagiar-se
Com ela não seria tão difícil
A quem viesse partilhar o teto
Com o meu pai... Pois bem, e meu Emir?

Ivan
Ainda manca. Vós não podereis
Montá-lo.

Albert
    Vou comprar o Baio.
Fazer o quê? Não custará tão caro.

Ivan
Não custará, mas vós não tendes um
Vintém.

Albert
    E Salomão, canalha, o que diz?

Ivan
Diz que não pode mais vos emprestar
Dinheiro sem penhor.

Albert
    Penhor! E donde
Tirá-lo, mil diabos?

Ivan
    Eu lhe disse.

Albert
E ele?

Ivan
    Dá de ombros, geme.

Albert
Então lhe diz que o meu pai também,
Como um judeu, é rico e, mais dia
Ou menos dia, tudo herdarei.

Ivan
    Já disse.

Albert
          Bom...

E ele?

Ivan
    Geme, dá de ombros.

Albert
          Pena!

Ivan
Porém quis vir aqui.

Albert
    Louvor a Deus.
Sem que me empreste, não me escapará.

Batem à porta.

Quem é?

Entra o judeu.

Judeu
    Eu, vosso servo reles.

Albert
Amigo, respeitável Salomão,
Judeu maldito, entra cá! Ouvi
Dizer que não fiavas mais nos devedores.

Judeu
Ah, bravo cavaleiro, eu vos juro:
Queria mesmo, mas não posso. Como
Arranjarei dinheiro? Arruinei-me
De todo, ajudando os cavaleiros.
Ninguém me paga. Venho perguntar
Se não podeis, ao menos, uma parte
Pagar-me...

Albert
    Que ladrão! Mas se tivesse
Dinheiro, gostaria de mexer
Contigo? Basta; deixa, Salomão,
De ser teimoso — dá-me teus ducados.
Despeja cá uns cem, antes que sejas
Forçado a fazê-lo...

Judeu
    Cem ducados!
Ah, se tivesse cem ducados eu!

Albert
Então me escuta: não terás vergonha
De estar deixando em apuros teus
Amigos?

Judeu
    Eu vos juro...

Albert
    Chega, chega.
Exiges-me penhor? Mas que bobagem!
Que posso penhorar, talvez a pele

De porco? Se tivesse mesmo algo
A penhorar, teria há tempos
Vendido. Ou então minha palavra
De cavaleiro para ti não basta, cão?

Judeu
                    Enquanto
Viverdes, vale, vale muito vossa
Palavra. Todos os baús dos ricos
Flamengos, como um talismã, iria abrir-vos.
Mas se ma derdes para mim, um pobre
Judeu, e, Deus me livre, a seguir morrerdes,
Será, em minhas mãos, igual à chave
Dum cofre que no mar jogaram.

Albert
                    Pode
Ser que meu pai me sobreviva?

Judeu
                    Quem o sabe?
Não somos nós quem conta nossos dias.
Estava um rapaz bem forte ontem,
E hoje quatro velhos o carregam,
Em seus curvados ombros, para a cova.
Está saudável o barão. Se Deus
Quiser, uns dez ou vinte, vinte cinco
Ou trinta longos anos viverá.

Albert
Judeu, tu mentes: se viver trinta anos
Meu pai, terei cinquenta eu e do dinheiro
Não vou mais precisar.

Judeu
                    Dizeis, dinheiro?
Mas o dinheiro sempre nos é útil.
Porém um moço nele vê seu bom criado

E manda, sem poupá-lo, cá e lá.
O velho, não: é seu melhor amigo,
Menina dos seus olhos.

Albert
                    Pois meu pai
Não vê criados nem amigos nele,
Mas, sim, seu dono — serve-lhe fiel.
Como um escravo argelino serve,
Ou cão de guarda. Mora num canil
Gelado, bebe água, come crostas,
Não dorme toda a noite, corre, late.
Seu ouro empilhado nos baús
Está seguro. Cala-te! Um dia,
Servir-me-á, eu sei.

Judeu
                    Quando o barão
Morrer, no seu enterro mais dinheiro
Derramarão que lágrimas. Tomara
Que Deus vos mande, sem tardar, herança.

Albert
Amém!

Judeu
    E se tentarmos...

Albert
            O que diz?

Judeu
Pensava tão somente se havia
Remédio...

Albert
    Que remédio?

Judeu
>Pois então:
Conheço um velho boticário, pobre
Judeu...

Albert
>É, como tu, patife
Ou mais honesto um pouco?

Judeu
>Não, Tobias
Tem um negócio diferente — faz
Gotinhas... Como elas agem,
É um milagre!

Albert
>Para quê?

Judeu
>Verter
Três gotas só num copo-d'água basta.
Nem cheiro nem sabor possuem, mas
Quem as tomar, sem cólicas nem náuseas
Há de morrer.

Albert
>Ou seja, teu velhote
Venenos vende.

Judeu
>Sim, também venenos.

Albert
>Bom.
Vais emprestar-me uns duzentos frascos
Daquelas gotas? Um ducado, pois,
Por frasco?

Judeu
    Vós vos rides, cavaleiro.
Não, só queria... vós, talvez... pensava
Que já podia o barão morrer.

Albert
Envenenar meu pai! Tu propuseste
A mim, ao filho... Vem, Ivan, pegá-lo!
Não sabes, alma de judeu, cachorro,
Serpente, que agora enforcar-te
No meu portão eu mando?

Judeu
    Perdoai!
Foi uma brincadeira: culpa minha.

Albert
Ivan, a corda!

Judeu
    Trouxe-vos dinheiro.
Estava só brincando...

Albert
    Fora, cão!

O judeu retira-se.

Albert
Eis o que faz comigo a avareza
Do pai! Foi isso que ousou propor-me
O vil judeu! Ivan, dá-me um copo
De vinho, tenho calafrios... Entanto,
Preciso de dinheiro. Traz aqui
De volta o judeu maldito, pega
Os seus ducados e arranja tinta.
Darei ao cafajeste meu recibo.
Mas não o deixes, esse Judas, não,

Entrar... Porém espera, seus ducados
Teriam cheiro de veneno, como
As pratas do antepassado seu.
Pedi-te vinho...

Ivan
　　Nem sequer um pingo
Sobrou-nos.

Albert
　　E aquele que Reymond
Mandara da Espanha?

Ivan
　　Ontem dei
A última garrafa ao enfermiço
Ferreiro.

Albert
　　Sim, eu lembro, sei...
Então me serve água. Torpe vida!
Não, decidi — vou reclamar ao duque
Justiça: que meu pai me trate,
Por força, como o filho! Ou serei um rato
Nascido nos porões?

CENA II

Na cava.

Barão
Como um patusco jovem, esperando
Por uma libertina rematada
Ou boba seduzida, esperei,
O dia todo, pela hora quando
Descer pudesse ao porão secreto
Dos meus baús. Afortunado dia,

Que posso pôr esta mancheia d'ouro
Poupado cá, no sexto, incompleto
Baú! Parece pouco, mas aos poucos
O meu tesouro cresce. Li nalgum
Lugar que ordenara, certa feita,
Um rei aos seus guerreiros que trouxessem
Um punhadão de terra, cada um,
E levantou-se um altivo cerro,
Do qual o rei contente poderia
Ver tanto uma campina a pulular
De tendas brancas quanto um mar sulcado
Pelos navios. Assim fui eu: trazendo
Meus óbolos escassos ao porão,
Ergui meu cerro para ver do topo
Tudo o que meu poder abrange. O que não
Abrange meu poder? Qual um demônio,
Daqui eu posso governar o mundo.
Se desejar, aos meus jardins de luxo
Virão correndo mil alegres ninfas,
Pagar-me-ão as musas seu tributo
E meus palácios crescerão; meu servo
Será o gênio livre; as virtudes
E o labor insone esperarão, humildes,
Por minha recompensa. Um apito,
E a maldade ensanguentada, dócil
E tímida, virá, qual uma serpe,
Lamber as minhas mãos e nos meus olhos
Ler o sinal de meu desejo soberano.
Tudo me serve, nada me subjuga.
Estou tranquilo, não me rendo às vontades;
Estou ciente dos poderes meus, e basta
Estar ciente disso...

(Examina seu ouro)

    Não parece muito,
Mas quantos afazeres, quantos prantos,
Enganos, rogos, maldições humanas

Ele traduz, pesado! Tenho um velho
Dobrão... Ei-lo aqui. Uma viúva
É que mo deu, mas antes, com três filhos,
Passou metade deste dia soluçando
Diante da janela, de joelhos.
Chovia e parava de chover; a sonsa
Não se movia. Poderia enxotá-la,
Mas algo me dizia, cochichando,
Que me trouxera a dívida de seu
Marido: não queria ser mandada
Para a prisão. E esse? Foi Thibault quem trouxe.
Mas onde, valdevinos, arranjou?
Furtou, decerto; ou, talvez, ali
Na grande estrada, de noitinha, ou na mata...
Sim, caso o sangue, lágrimas, suor,
Que tinham sido derramados por aquilo
Que guardo, de repente ressurgissem
Da terra juntos, haveria um dilúvio,
E eu afogaria nos porões
Fiéis. Está na hora.

(Quer abrir o baú)

Sempre
Que quero destrancar um dos baús,
Estou tremendo, como que de febre.
Não tenho medo, não (está comigo
Meu gládio d'aço de Damasco, responsável
Pelos tesouros), mas um sentimento
Aperta-me o coração, ignoto...
Segundo os médicos, há quem se regozije
Com assassínio. Logo que meter
A chave nesse cadeado, sinto
A mesma coisa que sentir devia
Um malfeitor, ao desferir sua facada:
Prazer e medo juntos.

(Abre o baú)

Eis meu gozo!

(Despeja o dinheiro)

Vai, basta percorrer o mundo,
Servindo as necessidades e paixões
Humanas. Dorme como os deuses dormem
Nos céus profundos — impassível, forte...
Queria hoje um festim fazer
Para mim mesmo: acendendo velas
Defronte dos baús, abri-los todos
E contemplar os montes fulgurantes.

(Acende as velas e abre, um por um, seus baús)

Sou rei, sou rei!... Que brilho milagroso!
Meu reino se sujeita às minhas ordens;
É minha honra, glória e felicidade!
Sou rei... mas quem o herdará depois de mim?
Meu descendente louco, jovem perdulário,
Dos crápulas salazes amiguinho!
É ele, ele quem, mal eu morrer,
Há de descer aqui, sob estas mudas
E plácidas abóbadas, seguido
Por sua turba de bajuladores
E ávidos palacianos. Ao roubar
As chaves ao cadáver meu, na hora
Vai destrancar, risonho, meus baús,
E correrão minhas riquezas para
Os bolsos deles de cetim, furados.
Quebrando os vasos sacros, mesclará
Meus óleos régios com a lama Vai
Desperdiçar... Porém com que direito?
Será que me foi dado isso tudo
Ou consegui meu ouro como um jogador
Que lança dados e, brincando, ganha a rodo?
Quem sabe quantas duras abstinências,
Paixões domadas, pensamentos tristes,

Penosos dias, noites sem dormir
Custou-me tudo isso? Ou dirá
Meu filho que mofou meu coração,
Que nunca conheci desejos, nunca fui
Roído pela contrição, aquele bicho
De garras afiadas que arranha
Os corações; pelo remorso, visitante
Não convidado, interlocutor
Maçante, sórdido credor, aquela bruxa
Que faz a lua embaçar-se e os sepulcros,
Banirem, por vergonha, seus defuntos?...
Não, antes tu granjeias a fortuna
Com sofrimentos, e depois veremos
Se vais, ó infeliz, dilapidar
O que com sangue conseguiste. Se pudesse
Dos olhos indecentes esconder
A minha cava! Oh, se meu espectro
Pudesse, guardião, sair da tumba
E vir sentar-se em cima do baú, e, como
Agora, proteger dos vivos meus tesouros!...

CENA III

No palácio.

Albert, o Duque.

Albert
Acreditai-me, soberano, suportei,
Por muito tempo, as vergonhas da miséria.
Se não chegasse ao extremo, não teríeis
Ouvido minha queixa.

Duque
           Não duvido:
Sem ter chegado ao extremo, um nobre
Fidalgo, como vós, não culparia

Seu pai. Tais crápulas são poucos... Far-lhe-ei
Um bom sermão a sós, ficai tranquilo.
Espero-o vir. Há tempos não nos vemos.
Faziam amizade meu avô
E vosso pai. Eu me recordo: quando
Menino, ele punha-me no seu cavalo,
Depois me recobria com seu elmo,
Como se fosse um pesado sino.

(Olha pela janela)

        Quem
Vem aqui? É ele?

Albert
    Ele, soberano.

Duque
        Pois
Ide para aquele quarto. Vou
Chamar-vos já.

Albert retira-se; entra o Barão.

    Barão, é um prazer
Rever-vos bem-disposto e saudável.

Barão
Estou feliz, meu soberano, de poder
Cumprir a vossa ordem, vindo cá.

Duque
        Barão,
Há muito tempo não nos encontramos. Vós
Lembrais de mim?

Barão
    Eu, soberano? Tal e qual

35

Naqueles tempos, vejo-vos. Arteiro
Vós éreis. O finado duque me dizia:
Philippe (sempre me chamava assim),
O que dirás, hein? Mais uns vinte anos,
Palavra d'honra, tu e eu seremos
Basbaques junto desse garotinho. Quer
Dizer, junto de vós...

Duque
    Retomaremos
Nossa amizade. Vós vos esquecestes
Da minha corte.

Barão
    Ora, soberano,
Estou bem velho e não tenho o que fazer
Na corte. Vós, ainda novo,
Gostais de festas e torneios. Já não presto
Eu para isso. Só se Deus quisesse
Mandar-nos uma guerra, montaria,
Gemendo, meu cavalo outra vez;
Teria a força de tirar, por Vossa Alteza,
Meu gládio da bainha com a mão tremente.

Duque
Barão, conheço vossa lealdade; meu
Pai vos respeitou e meu avô foi vosso
Amigo, e eu mesmo sempre vos achei
Um cavaleiro destemido e leal.
Sentemo-nos. Barão, vós tendes filhos?

Barão
Um filho só.

Duque
    Então por que não vem
Aqui? Vós vos aborrecestes com a corte,

Mas caberia a ele, já que tem
Idade e título, vir visitar-me.

Barão
          Sim...
Porém não lhe agrada a vida barulhenta,
Mundana; sua índole selvagem
E lúgubre faz com que perambule,
O tempo todo, pelas matas, junto
De meu castelo, como um cervo jovem.

Duque
Fugir da sociedade não é bom.
Mandai-o para mim. Iniciá-lo-ei,
Num átimo, nos bailes e torneios
Festivos. Dai ao filho uma mesada
Que corresponda à sua condição...
Estais sombrio; cansastes-vos, talvez,
Pelo caminho?

Barão
    Vossa Alteza, não estou
Cansado; entretanto me deixastes
Confuso. Não queria confessar,
Perante vós, o que mandais contar
Do filho. Não merece, soberano,
Infelizmente, nem vossa atenção,
Nem vossos mimos. Ele gasta a juventude
Com vícios baixos...

Duque
    Por estar sozinho.
Barão, a solitude e o vagar
Estragam nossos jovens. Para mim
Mandai-o: seus costumes broncos
Esquecerá.

Barão
    Meu soberano, perdoai,
Mas juro que não posso concordar
Com isso...

Duque
    E por que motivo?

Barão
              Perdoai...

Duque
Então exijo que digais por que razão
Não concordais.

Barão
    Estou zangado com meu filho.

Duque
Mas por quê?

Barão
    Pelo delito seu.

Duque
              Quereis
Dizer qual é o tal delito?

Barão
              Dispensai,
Meu duque, de dizer...

Duque
    Estranho! Ou talvez
Tenhais vergonha dele?

Barão
              Sim... vergonha...

Duque
Mas o que foi que fez?

Barão
          Queria ele...
Matar-me.

Duque
    Quê? Matar? Pois eu o mandarei
Julgar, como um facínora.

Barão
          Não vou
Prová-lo, bem que saiba — ele
Almeja a minha morte —, bem que saiba
Tem procurado...

Duque
    Quê?

Barão
          Roubar-me.

Albert arroja-se à sala.

Albert
          Vós mentis,
Barão!

Duque
(Ao filho)
    Vós desobedeceis?...

Barão
          Estás aqui!
Ousaste tu dizer, ousaste tu ao pai
Dizer essa palavra!... Minto, eu?...

Perante nosso soberano?... Tu, a mim?...
Não sou fidalgo mais?

Albert
       Sois mentiroso!

Barão
             Deus,
Ainda não fulgiram vossos raios? Vem
Apanhar a luva — seja nosso
Juiz o gládio!

Joga a luva, o filho apressa-se a apanhá-la.

Albert
       Agradeço. Eis o dom
Primeiro de meu pai.

Duque
       O que vi eu?
O que se deu aqui? O desafio
Do velho pai seu filho aceitou!
Em que malditos dias pus a faixa
Dos duques! Calem-se os dois: tu, louco,
E tu, tigrinho! Basta.

(Ao filho)

             Dai-me
A luva. Chega disso.

(Toma-a)

Albert
(À parte)
             Pena!

Duque
Pegou-a, monstro, com gadanhas! Fora!
E não ouseis reaparecer perante mim, até
Eu mesmo vos chamar.

    Albert retira-se.

              E vós, ó desgraçado
Macróbio, não tereis vergonha?...

Barão
          Perdoai,
Meu soberano... Não consigo mais manter-me
De pé... Os meus joelhos enfraquecem... Falta,
Falta-me ar! As chaves, onde estão?
As chaves, minhas chaves!...

Duque
              Deus, ele morreu!
Terríveis corações, terríveis tempos!

Mozart[1] e Salieri[2]

CENA I

Um quarto.

Salieri
Não há justiça, todos dizem, cá na terra.
Tampouco lá no céu... Aquilo me é claro
Como uma simples gama. Eu nasci
Amando artes; quando o órgão alto
Soava na igreja nossa antiga,
Ouvia-o pasmado — transbordavam, doces,
As lágrimas involuntárias. Desde cedo,
Eu rejeitara as diversões, e toda
Ciência alheia à música ficara
Entediante para mim; altivo
E pertinaz, abriria mão de tudo
E dedicara-me à música tão só. Difíceis

---

[1] Wolfgang Amadeus Mozart (1756-1791): gênio da música erudita, autor de mais de 600 obras mundialmente famosas (óperas, sinfonias, concertos, missas).
[2] Antonio Salieri (1750-1825): maestro e compositor italiano, autor de mais de 40 óperas, professor de música em Viena.

São os primeiros passos, árduos os tentames
Primeiros. Superei os dissabores
De iniciante. Pondo meu ofício
Por pedestal às artes, transformei-me
Num artesão: aos dedos dei a seca
E dócil rapidez, ao meu ouvido,
Exatidão. Como um cadáver, recortei,
Matando os sons, a música. Provei
As leis harmônicas pela álgebra. Ousava,
Então, já sabedor, fruir os gozos
Do meu criativo sonho. Comecei,
Às escondidas, a criar, mas sem pensar ainda
Na glória. Muitas vezes, ao passar
Na minha cela dois, três dias, esquecidos
O sono e a fome, desfrutando
Meus êxtases e choros inspirados,
Queimava minha obra, com frieza
Olhando os pensamentos meus, os sons,
Que tinha concebido, flamejarem
E desaparecerem, fumo leve.
Que digo eu? Advindo o grande Gluck[3]
Para fiar-nos seus mistérios novos
(Mistérios adoráveis e profundos),
Não desisti de tudo o que sabia,
Do que amava tanto e daquilo
Em que acreditava, não segui
Os passos dele, resignado como quem
Fora ajudado por um transeunte
A encontrar o rumo certo? Graças
À minha contumaz perseverança,
Cheguei, por fim, aos altos graus nas artes
Inabarcáveis. Tinha-me sorrido
A glória, e nos corações humanos

---

[3] Christoph Willibald von Gluck (1714-1787): compositor alemão considerado um dos principais reformadores da ópera.

Achei a consonância dessas minhas
Criações. Estava bem feliz, em paz me alegrava
Do meu trabalho, do sucesso e da fama,
Bem como dos trabalhos e sucessos
De meus amigos, companheiros nessas
Encantadoras artes. A inveja,
Não a sentira nunca! Mesmo quando
Piccinni[4] cativara os selvagens
Ouvidos dos parisienses, mesmo quando
Ouvira eu, pela primeira vez, os sons
Iniciais da *Ifigênia*.[5] Quem dirá
Que foi Salieri, o soberbo, já
Um invejoso desprezível, uma serpe
Pisada pelos homens, a morder
O solo, débil, mas ainda viva?
Ninguém!... Contudo digo eu que estou
Agora com inveja. Sim, profunda
E dolorosamente invejo. — Céus! Onde estará
Sua justiça, pois o gênio imortal,
O dom sagrado não foi dado para
Recompensar ardor, abnegação,
Trabalhos, orações, esforços, mas somente
Para aureolar a testa dum maluco,
Dum malandrim?.. Oh, Mozart, Mozart!

Entra Mozart.

Mozart
                    Hein!
Tu viste: pena! Eu queria tanto
Brindar-te com um trote.

---

[4] Niccoló Piccinni (1728-1800): compositor italiano, adversário de Gluck nos palcos de Paris.

[5] Trata-se da ópera *Ifigênia em Táuride*, de Gluck, ou da homônima obra de Piccinni, ambas de grande sucesso no fim do século XVIII.

Salieri
                Tu, aí?
Há muito tempo?

Mozart
     Não, cheguei agora. Vinha
Mostrar-te algo, mas passei defronte
Duma bodega e ouvi um violino
Tocar... Não, meu amigo, nada mais risível
Tens escutado, desde que nasceste,
Salieri!... Um violinista cego
Voi che sapete[6] lá tocava. Um milagre!
Não me contive, trouxe-o aqui
Para brindar-te com as artes dele.
Entra!

Entra um velho cego com seu violino.

    De Mozart toca-nos um trecho!

O velho toca uma ária de Don Giovanni;[7] *Mozart dá gargalhadas.*

Salieri
              Podes
Ainda rir-te disso?

Mozart
    Ah, Salieri!
Será que tu tampouco ris?

---

[6] Ária da ópera *As bodas de Fígaro*, composta por Mozart em 1785-1786.
[7] Ópera de Mozart, cuja estreia data de 1787.

Salieri
                Eu, não.
Não acho graça, quando um pinta-monos
Vem salpicar, indigno, a Madona
De Rafael,[8] nem quando um poetastro
Desonra com sua paródia Dante.[9]
Vai; fora, velho!

Mozart
    Não, espera: toma isto
E bebe à saúde minha.

O velho retira-se.

    Tu, Salieri,
Estás mal-humorado. Outra hora
Eu voltarei.

Salieri
    O que trouxeste?

Mozart
        Bom...
Coisinha pouca. Esta noite estava
Sem sono; duas, três ideias me vieram
À mente. Anotei-as logo. Gostaria
De perguntar o que pensavas, mas, parece,
Não tens ouvidos para mim.

Salieri
    Ah, Mozart, Mozart! Quando

---

[8] Raffaello (Rafael) Sanzio (1483-1520): um dos maiores artistas da Renascença italiana, autor dos quadros *Madona Solly, Madona Conestabile* e *Madona Sistina*.

[9] Dante Alighieri (1265-1321): célebre poeta italiano, autor da *Divina comédia*.

Não te prestei ouvidos? Senta-te. Pois bem,
Escuto.

Mozart
(Ao piano)
　　　Imagina... quem seria? Eu,
Quando mais novo um pouco e apaixonado —
Não muito, mas de leve —, estou alegre
Com uma moça linda ou com um
Amigo meu, talvez contigo... De repente
Vem um fantasma infernal ou uma treva
Inesperada, uma coisa dessas... Bem,
Escuta-me.

(Toca)

Salieri
　　　Tu me trazias isso
E demoraste numa espelunca
Para ouvir as músicas do cego! — Deus!
Tu, Mozart, não mereces a ti mesmo.

Mozart
Tu achas isto bom?

Salieri
　　　　　Que profundeza!
Que ordem, que coragem! Mozart,
Tu és um deus e disso nem suspeitas;
Eu cá, eu sei.

Mozart
　　　Verdade? Pode ser...
Mas minha divindade está com fome.

Salieri
Almoçaremos juntos na taberna do Leão
Dourado?

Mozart
>Por que não? Estou contente.
Mas deixa-me, primeiro, ir a casa,
Dizer para a mulher que só me espere
À tarde.

(Retira-se)

Salieri
>Não esqueças, eu te espero...
Não posso resistir à decisão
Do meu destino: fui eleito para
Retê-lo, pois, se não, estamos todos
Perdidos, todos nós, os sacerdotes
Da música, criados dela, não apenas eu
Com minha fama surda... Não! Que adianta,
Se Mozart mais viver e alcançar
Seus novos cumes? Vai glorificar
Assim as artes? Nada; quando ele
Sumir, sem nos deixar herdeiro, elas
Vão decair de novo. É inútil!
Que nem um querubim, ele nos trouxe
Umas canções paradisíacas, a fim
De impor-nos, geração das cinzas frias,
Um áptero desejo, logo indo
Embora! Vai, então, e quanto mais
Cedo, bem melhor.

>Eis o veneno, derradeiro
Presente da Isora minha. Faz dezoito anos
Que está comigo — nesses anos todos
A vida pareceu-me, muitas vezes, uma
Insuportável chaga, e sentei-me, muitas vezes,
À mesa com meu inimigo descuidado,
Mas nunca me rendi ao vil cochicho
Da tentação, ainda que não fosse
Covarde, bem que me sentisse magoado
E não gostasse tanto de viver. Estava

Sem pressa. Torturado pela sede
De morte, cogitava: para que
Morrer? Talvez a vida me conceda,
De súbito, seus dons; talvez me tome
Um êxtase criativo, numa noite
De inspiração; talvez o novo Haydn[10]
Componha alguma grande obra para
Meu gozo... Quando me banqueteava
Com as visitas odiadas, em achar
Sonhava meu jurado inimigo;
Talvez, pensava, um rancor horrível
Venha ferir-me, lá do céu soberbo,
Então não vais, dom da Isora amada,
Tu perecer. E nisso tinha eu
Razão! Achei, por fim, achei meu inimigo,
E saciou-me de prazer celeste
O novo Haydn! Está na hora: caro
Dom do amor, vai hoje para a taça da amizade.

CENA II

O ambiente privado da taberna; um piano.

Mozart e Salieri à mesa.

Salieri
Por que estás triste, Mozart?

Mozart
            Eu, cá? Não!

Salieri
Talvez alguma coisa te perturbe? Temos

---

[10] Franz Joseph Haydn (1732-1809): compositor austríaco, autor de numerosas sinfonias, sonatas e obras vocais.

Almoço excelente, vinho bom, e tu
Estás sombrio, calado.

Mozart
              Na verdade,
Meu *Réquiem*[11] me aflige.

Salieri
              Ah, é isso!
Compões um réquiem? Desde quando?

Mozart
              Já
Faz umas três semanas. Foi um caso
Estranho... Não te disse?

Salieri
    Não.

Mozart
              Escuta.
Faz umas três semanas que voltei
A casa tarde. Soube que alguém
Viera conversar comigo. Sem motivo,
Fiquei cismando, toda a noite: quem seria?
Por que me procurava? Bem, no dia
Seguinte veio outra vez aquela
Pessoa, mas não me encontrou em casa. No terceiro
Dia brincávamos no chão, eu mesmo com o meu
Filhinho, e chamaram-me. Saí.
De trajes pretos, um senhor desconhecido,
Com saudações gentis, encomendou-me
Um réquiem e partiu. Sentei-me logo

---

[11] Uma das últimas obras de Mozart (1791), música para acompanhar o ofício dos mortos.

E comecei a trabalhar — até agora
Não retornou meu homem preto; para mim,
Melhor assim: teria muita pena
Da minha obra despedir-me, bem que esteja
O *Réquiem* quase pronto. Todavia...

Salieri
          O quê?

Mozart
Envergonhar-me-ei, se te disser...

Salieri
    Pois diz.

Mozart
Aquele homem preto não me deixa
Em paz de dia nem de noite. Minha sombra,
Por toda a parte anda atrás de mim. Parece
Que está conosco ele, entre nós
Aqui sentado.

Salieri
    Basta! Mas que medo de criança?
Desfaz teus pensamentos ocos. Beaumarchais[12]
Dizia-me: "Salieri, meu irmão,
Tão logo os pensamentos negros assomarem,
Uma garrafa de champanhe abre ou *As bodas de Fígaro* relê."

Mozart
    Sim, Beaumarchais,
Que era teu amigo; compuseste

---

[12] Pierre-Augustin Caron de Beaumarchais (1732-1799): dramaturgo francês, autor das comédias *O barbeiro de Sevilha* e *As bodas de Fígaro*.

Tarare[13] para ele, coisa boa.
De lá costumo repetir um trecho, quando
Estou feliz... Lá-lá-lá-lá... Será verdade
Que Beaumarchais envenenou alguém, Salieri?

Salieri
Não creio, não: para fazer aquilo, era
Ridículo demais.

Mozart
    Um gênio, como
Nós dois, amigo meu. E duas coisas
Incompatíveis são o gênio e o crime,
Não são?

Salieri
    Tu achas?

(Joga o veneno na taça de Mozart)

        Bebe, pois.

Mozart
            À tua
Saúde, caro, aos sinceros laços
Que ligam Mozart e Salieri, dois
Filhos da harmonia.

(Bebe)

Salieri
    Não, espera!
Espera, Mozart!... Tu bebeste tudo...
Sem mim?

---

[13] Ópera de Salieri (1787), cujo libreto foi escrito por Beaumarchais.

Mozart
(Joga seu guardanapo na mesa)

    Não quero mais.

(Dirige-se ao piano)

       Agora
Vem escutar meu *Réquiem*.

(Toca)

        Ó Salieri,
Tu choras?

Salieri
    Estas lágrimas derramo
Pela primeira vez: dor e deleite, como
Se acabasse de cumprir um árduo
Dever, ou como se perdesse, decepado
Por uma faca salvadora, um sofrido membro!
Não, Mozart, minhas lágrimas, não prestes
A elas atenção. Apressa-te, amigo,
A saturar minha alma desses sons... Vai, continua!

Mozart
Se todos fossem, como tu, sensíveis
À força da harmonia! Não: naquele caso,
Não poderia existir o mundo; todos
Às artes livres iam entregar-se,
Ninguém satisfaria as exigências
Da vida baixa. Somos poucos nós, eleitos,
Ociosos felizardos, descuidados
Da réproba utilidade, sacerdotes
Da única beleza, não? Mas indisposto
Estou, angustiado... Vou dormir, então.
Adeus!

Salieri
    Até a vista.

(Sozinho)

    Dormirás
Por muito tempo, Mozart! Mas terias mesmo
Razão: não sou um gênio? Duas coisas
Incompatíveis são o gênio e o crime.
Mentira: e Buonarroti?[14] Ou seria
Um conto só da multidão insana, e não foi o grande
Criador do Vaticano assassino?

---

[14] Trata-se de Michelangelo Buonarroti (1475-1564), pintor e escultor genial que, segundo uma lenda jamais comprovada, trucidou seu modelo para atingir o máximo realismo na representação da Paixão de Cristo.

O CONVIDADO DE PEDRA

Leporello
O statua gentilissima
Del gran'Commendatore!...
... Ah, Padrone!

Don Giovanni[1]

CENA I

Dom Juan e Leporello.

Dom Juan
Estamos, afinal, às portas de Madri. Pelo chegar
Da noite esperaremos cá, e logo, logo
Vou percorrer as ruas conhecidas,
Cobrindo o meu bigode com a capa, e a testa
Com meu chapéu. Tu pensas que não possam
Reconhecer-me?

---

[1] Púchkin usa como epígrafe uma réplica do segundo ato do *Don Giovanni* mozartiano.

Leporello
    Penso, sim. Reconhecê-lo
Seria bem difícil. Tem um monte
De Dom Juan!

Dom Juan
    Estás brincando? Quem
É que me reconheceria?

Leporello
    O primeiro guarda,
Um músico bebum, uma cigana
Ou seu irmão, fidalgo sem vergonha,
De espada e de capa.

Dom Juan
    Não faz mal,
Se me reconhecerem. Só não quero
Topar o próprio rei. De resto,
Não tenho medo de ninguém.

Leporello
    E se o rei ficar
Sabendo, amanhã, que Dom Juan voltou
Para Madri, sem permissão, lá do exílio? Diga
O que fará com o senhor?

Dom Juan
    Por certo,
Não cortará minha cabeça. Outra vez
Vai expulsar, porque não sou um criminoso
De Estado. Exilou-me, mas de manso,
Para a família do finado me deixar
Em paz...

Leporello
    É isso. Mas ficar ali, quietinho,
Seria bem melhor.

Dom Juan
    Mui obrigado. Quase
Morri de tédio lá. Que povo e que terra!
O céu? — Esfumaçado. As mulheres? — Nunca,
Meu bobo Leporello, trocaria
Da Andaluzia a última roceira pelas grandes
Beldades, juro-te, daquelas plagas. A princípio,
Gostava delas — tão branquinhas e gentis, de olhos
Azuis, enfim, tão diferentes —, mas, em breve,
Adivinhei, graças a Deus: não vale
A pena cortejá-las; são bonecas
De cera, não há vida nelas. E as nossas!...
Escuta, é-nos conhecido este
Lugar, não é?

Leporello
    Mas claro que me lembro do convento
De Sant'Antônio. Segurava os cavalos
Naquele bosque, quando vinha o senhor
Aqui — terrível, digo-lhe, ofício! Pode crer,
Seu passatempo era mais gostoso
Do que o meu.

Dom Juan
(Pensativo)
    Inês, coitada, não está
Conosco mais! Amava-a tanto!

Leporello
    Quem, Inês?
Sim, lembro, tinha olhos negros... O senhor
Tentou três meses seduzi-la; o diabo
Deu ajudinha.

Dom Juan
    Uma noite... foi em julho. Seu olhar
Tristonho e seus lábios frios proporcionavam
Um singular prazer. Estranho... Tu, parece, não achavas

Que fosse linda. E não tinha mesmo ela
Muita beleza verdadeira. Só seus olhos,
Os olhos tão somente. Seu olhar... jamais
Encontraria outros, semelhantes
Olhares. Sua voz, pelo contrário, era fraca,
Soava baixa, como a duma enferma.
E seu marido era truculento.
Eu soube tarde... Oh, Inês, coitada!...

Leporello
            Bem,
Mas teve várias outras.

Dom Juan
     É verdade.

Leporello
           Se vivermos
Ainda mais, teremos mais mulher.

Dom Juan
Teremos.

Leporello
     E atrás de qual agora
Vai o senhor?

Dom Juan
     A Laura! Vou correndo
Revê-la.

Leporello
     Bom negócio.

Dom Juan
            Vou direto
À casa dela. Se estiver alguém
Ali, pedir-lhe-ei que pule da janela.

Leporello
              Claro!
Está risonho meu senhor. Por pouco tempo
As mortas o afligem. Quem será
Que vem aí?

Entra o monge.

Monge
    Ela está
Chegando. Vossas senhorias são da casa
De Dona Ana?

Leporello
    Não, estamos a passeio
Tão só.

Dom Juan
    Por quem vós esperais?

Monge
          Por Dona Ana. Ela
Vem visitar o túmulo de seu
Marido.

Dom Juan
    Como? A mulher do falecido
Comendador De Solva? Já não lembro
Quem o matou...

Monge
    Foi Dom Juan, devasso
Ateu indigno.

Leporello
    Puxa! Os boatos
Sobre meu dono penetraram mesmo

No monastério quieto, cantam-lhe hosanas
Os ermitões.

Monge
    Talvez o conheçais?

Leporello
Nós? Nem um pouco. Onde
Ele estará?

Monge
    Bem longe, desterrado.

Leporello
          Graças
A Deus! Melhor, quanto mais longe. Deveriam
Botar os libertinos num sacão e afogá-los todos
No mar.

Dom Juan
    Que foi que tu disseste?

Leporello
          Calma, foi somente
Para ludibriá-lo...

Dom Juan
    Sepultaram
O tal comendador aqui?

Monge
       Exato.
Sua mulher mandou que construíssem
O monumento para ele; cada dia
Vem cá chorar e suplicar pela alma
De seu esposo.

Dom Juan
    Que viúva mais
Estranha! É bonita?

Monge
             Não devemos
Nós, eremitas, reparar nos dotes femininos,
Mas pecaria, se mentisse; mesmo um frade
Daria fé de sua angélica beleza.

Dom Juan
             Foi por isso
Que o finado a manteve enclausurada.
Nenhum de nós a viu. Gostaria
De conversar com ela.

Monge
           Nunca fala
Com homens Dona Ana.

Dom Juan
           E convosco,
Meu pai?

Monge
    Sou monge. Conversar comigo
É outra coisa. Ei-la aí.

Entra Dona Ana.

Dona Ana
           Meu pai,
Abri a porta.

Monge
    Sim, senhora; esperei-vos.

Dona Ana segue o monge.

Leporello
Então, gostou?

Dom Juan
       Sequer a vi. Com esse
Véu preto de viúva, enxerguei
Seu calcanhar apenas.

Leporello
              Isso basta.
Vai desenhar o resto, num instante,
A imaginação; a do senhor é prestes
Como um pintor: se começar das pernas
Ou do sobrolho, tanto faz.

Dom Juan
                    Escuta,
Vou conhecê-la, Leporello.

Leporello
                  Pois ainda quer
Ver a viúva soluçar, achando pouco
Ter dado cabo do marido. Safadão!

Dom Juan
              Contudo,
Escureceu. Entremos em Madri, mas logo, antes
Que venha a lua transformar as trevas
Numa penumbra clara.
(Vai embora)

Leporello
              Um fidalgo espanhol,
Feito um ladrão, espera a noite vir e teme
A lua... Deus, que vida desgraçada!
Não tenho forças mais, palavra d'honra.
Por quanto tempo ficarei com ele?

CENA II

Um quarto. Jantar na casa de Laura.

Primeiro conviva
Ó Laura, juro-te que nunca
Fizeste teu papel com tanta perfeição.
Por certo o entendeste bem a fundo!

Segundo
E como o desdobraste! Quanta força!

Terceiro
E quanta habilidade!

Laura
         Consegui
Cada palavra hoje, cada gesto. Pela
Inspiração eu fui levada, livre.
Fluíam as palavras minhas, como
Se não as engendrasse a memória
Cativa, mas o coração...

Primeiro
         É vero.
Até agora brilham os teus olhos,
As faces enrubescem, teu arroubo
Persiste. Laura, não o deixes esfriar
Debalde; canta, Laura, para nós
Alguma coisa.

Laura
    Deem-me o violão.

(Canta)

Todos
Maravilhoso! Lindo! Bravo, bravo!

Primeiro
Agradecemos, nossa feiticeira. Tu encantas
Os nossos corações. De todos os prazeres
Mundanos, o amor apenas ganharia
Da música; entanto, ele próprio
É uma melodia... Olha só: Dom Carlos
Está enternecido, teu conviva triste.

Segundo
Que sons, quanta alma neles! Laura,
Quem escreveu a letra?

Laura
    Dom Juan.

Dom Carlos
O quê? Disseste, Dom Juan?

Laura
          Foi meu amigo
Fiel, foi meu amante leviano
Quem a compôs um dia.

Dom Carlos
          Dom Juan
É um canalha ímpio, e tu mesma
És burra.

Laura
    Tu enlouqueceste? Vou mandar
Que meus criados te degolem, bem que sejas
Fidalgo.

Dom Carlos
(Levanta-se)
    Vai chamá-los!

Primeiro
    Laura, chega.
Dom Carlos, não te zangues. Ela se esqueceu...

Laura
De quê? Que num duelo, sem vilezas,
Foi morto seu irmão? É pena mesmo
Que Dom Juan não o tivesse derrubado
A ele.

Dom Carlos
  Bom... tolice minha.

Laura
    Reconheces
Que sejas tolo? Pois então façamos
As pazes.

Dom Carlos
  Peço-te desculpas, Laura.
Perdão! Mas sabes: esse nome,
Ouvi-lo não consigo sem furor...

Laura
    A culpa
É minha, se tal nome me acode
A cada passo?

Conviva
  Para nos mostrar que nem um pouco
Estás zangada, Laura, vem cantar
Mais uma vez.

Laura
  A derradeira, sim.
Está na hora, já é tarde. Que canção
Escolherei? Ah, bem: escutem.
(Canta)

Todos
              Lindo!
Incomparável!

Laura
    Meus senhores, até sempre.

Todos
Até a vista, Laura.

Retiram-se. Laura retém Dom Carlos.

Laura
              Tu, irado, fica
Comigo. Eu gostei de ti, tão logo,
Rangendo os dentes, começaste a xingar-me.
Tu me lembravas Dom Juan...

Dom Carlos
              Sortudo!
Gostavas tanto dele.

Laura faz um gesto afirmativo.

    Muito?

Laura
          Muito.

Dom Carlos
Ainda gostas?

Laura
    Nesta hora? Não, não gosto.
Gostar dos dois não posso. Nesta hora
Gosto de ti.

Dom Carlos
>Diz, Laura, quantos anos
Tu tens?

Laura
>Dezoito.

Dom Carlos
>>Nova... Mais uns cinco,
Seis anos permanecerias nova. Mais uns cinco,
Seis anos vão aqueles homens rodear-te,
Mimando, afagando, divertindo
Com serenatas e matando-se, de noite,
Por tua causa nas esquinas. Quando
Teu tempo se esgotar, quando teus olhos
Ficarem fundos, tuas pálpebras bonitas
Enegrecerem, murchas, e na tua trança
Surgirem cãs, e todos te chamarem
De velha — que dirás então?

Laura
>>Por que
Pensar naquilo tudo? Que conversa
É tua? Sempre tens ideias tristes? Vai
Abrir a porta da sacada. Como o céu
Está sereno; a limões e louros
A noite cheira; quente, não se move
O ar; a lua fulge, tão vivaz, naquele
Azul escuro e profundo; gritam
Os guardas: "Claro!..." E daqui bem longe,
No norte — pode ser, lá em Paris — as nuvens
Cobriram todo o céu, está ventando
E uma chuva fria cai. Que nos importa?
Escuta, Carlos, peço que sorrias...
Melhor assim!

Dom Carlos
>Demônio carinhoso!

Batem à porta.

Dom Juan
                    Ei,
Laura!

Laura
        Quem chegou? De quem é essa
Voz?

Dom Juan
        Abre...

Laura
                    Deus! Não acredito!...

(Abre as portas, entra Dom Juan)

Dom Juan
                        Salve...

Laura
Ó Dom Juan!...

Laura atira-se em seu pescoço.

Dom Carlos
        O quê? É Dom Juan!...

Dom Juan
            Amiga
Querida minha, Laura!...

(Beija-a)

                Quem está
Contigo, minha Laura?

Dom Carlos
                Eu, Dom Carlos.

Dom Juan
Eis um encontro imprevisto! Amanhã
Estou às tuas ordens!

Dom Carlos
                Não! Agora.

Laura
Dom Carlos, basta! Não estão na rua,
Estão em minha casa. Vão os dois
Embora.

Dom Carlos
(sem escutá-la)
    Não! Espero-te, que tens
Espada.

Dom Juan
    Ei-la, se não dá para aguentar.

Lutam.

Laura
Ai-ai, Juan!..
(Joga-se no seu leito)

Dom Carlos cai.

Dom Juan
    Vem, Laura, já passou.

Laura
Morreu? Na minha casa! Que horror!
O que farei agora, valentão,

Diabo? Onde vou largar
O corpo dele?

Dom Juan
    Olha bem, talvez
Esteja vivo?

Laura
(Examina o corpo)
    Vê, maldito: vivo, sim! Furaste
O coração — nem sai o sangue mais
Da feridinha triangular, mas ele
Parou de respirar...

Dom Juan
    Fazer o quê?
Foi ele quem o quis.

Laura
    Ah, Dom Juan,
Que lástima, não é? Jamais assumes
A culpa dessas reinações... De onde vens?
Faz tempo que chegaste?

Dom Juan
    Acabei
De vir — às escondidas, pois não fui
Ainda perdoado.

Laura
    E lembraste
A tua Laura logo? Bom saber.
Mas basta, não te creio. Por acaso,
Passando perto, viste minha casa.

Dom Juan
Não, minha Laura, podes perguntar
A Leporello. Fora da cidade,

Num pardieiro moro. Em Madri
Por Laura procurava.

(Beija-a)

Laura
           Meu querido!...
Espera aí... diante dum cadáver?...
O que fazer com ele?

Dom Juan
              Ao amanhecer,
Bem cedo, vou levá-lo, embrulhado
Na capa, e deixar no cruzamento
Das ruas.

Laura
   Mas ninguém te pode ver.
Cuidado! Foi tão bom chegares um minuto
Mais tarde! Teus amigos cá jantavam
Comigo, acabaram de partir.
E se os vires?

Dom Juan
   Laura, gostas dele
Há muito tempo?

Laura
   Gosto? Mas de quem?
Estás sonhando?

Dom Juan
   Quantas vezes me traíste
Na minha ausência? Conta...

Laura
          E tu mesmo,
Patusco?

Dom Juan
Diz... Não, vamos conversar depois.

CENA III

O monumento ao Comendador.

Dom Juan
Vai tudo muito bem: matando, sem querer,
Dom Carlos, eu me escondo, eremita
Humilde, cá e vejo, todo dia,
Minha viúva linda que também, parece,
Já reparou em mim. Até aqui,
Não conversamos, todavia hoje
Vou abordá-la, pois está na hora.
Por onde começar? "Eu ousaria..." — não;
"Senhora..." Uê! O que vier à mente,
Direi aquilo sem preparações,
Improvisando um canto amoroso...
Demora em chegar, e dela, creio, tem
Saudades seu comendador. Julgando
Pela estátua, foi um verdadeiro
Colosso, Hércules! Que ombros, vejam só!
Mas foi, na realidade, tão pequeno
E frágil que não poderia, pondo-se nas pontas
Dos pés, tocar no seu nariz agora com a mão.
Atrás do nobre Escorial[2] lutávamos, e, perpassado pela
Espada minha, uma borboleta alfinetada, ele
Caiu exânime, por mais altivo
E corajoso que tivesse sido com o seu
Espírito severo... Ei-la, vem!

Entra Dona Ana.

---

[2] Suntuoso complexo arquitetônico (palácio, monastério, museu e biblioteca) localizado nos arredores de Madri.

Dona Ana
                De novo
Ele está lá. Meu pai, eu vos distraio
Das vossas reflexões. Perdão!

Dom Juan
                Sou eu que devo
Pedir perdão. Talvez impeça que desafogueis
Vosso pesar, senhora.

Dona Ana
                Não, meu pai,
O meu pesar está em mim, as orações
Humildes minhas subirão ao céu
Perante vós, e peço que junteis
A elas vossa reza.

Dom Juan
                Eu, rezar
Convosco, Dona Ana! Não mereço
Tal honra. Não teria a ousadia
De repeti-los, vossos rogos santos,
Com esta boca pecadora — não, apenas olho
De longe para vós, devoto, quando
Ao inclinar-vos em silêncio, dispersais
Vossos cabelos negros pela alvura
Marmórea, e parece-me que vejo,
Às escondidas, visitar a sepultura
Um anjo, e não guardo mais, no coração
Perplexo, súplicas, mas fixo, taciturno,
Em vós meus olhos, a pensar: feliz
Aquele cuja lápide gelada
For aquecida pelos sopros dela
Celestes e regada pelas lágrimas d'amor
Por ela derramadas...

Dona Ana
              Que palavras
Estranhas!

Dom Juan
    Sim, senhora?

Dona Ana
             Esqueceis-vos...

Dom Juan
De quê? Que não mereço, eremita?
Que minha voz profana não devia
Soar tão alta?

Dona Ana
    Eu pensava... Pode ser,
Não entendi...

Dom Juan
    Ah, vejo bem: soubestes
De tudo!

Dona Ana
    Soube eu de quê?

Dom Juan
           Não sou um monge.
Não! De joelhos, peço-vos desculpas.

Dona Ana
Meu Deus! Não, levantai-vos... Quem vós sois?

Dom Juan
Um infeliz, por uma impossível
Paixão ferido.

Dona Ana
    Deus! Aqui, na frente desse
Sepulcro! Ide embora!

Dom Juan
               Um minuto,
Um minutinho, Dona Ana!

Dona Ana
               Se alguém
Entrar?..

Dom Juan
    Está trancada a grade. Um minuto!

Dona Ana
Pois bem. O que vós demandais?

Dom Juan
            A morte.
Que morra aos vossos pés agora mesmo,
Que seja enterrado meu cadáver
Neste lugar — não junto do finado
Que vós amais, não perto, mas algures
Mais longe, na entrada, rente
Das portas, para que possais roçar
Com vosso pé ligeiro nele, ou a roupa, quando
Vierdes inclinar-vos, dispersando
Vossos cabelos nessa altiva tumba,
Chorando..

Dona Ana
    Sois insano.

Dom Juan
            Desejar
A morte, pois, seria um sintoma
De insanidade? Não, se fosse louco,

Queria eu viver, esperançoso
De abrandar o vosso coração com minha
Ternura; passaria as noites,
Se fosse louco mesmo, sob a vossa
Sacada, perturbando o vosso sono
Com serenatas; não me esconderia,
Pelo contrário, buscaria que me vísseis
Por toda parte; não, se fosse louco,
Não sofreria eu calado...

Dona Ana
              Vós estais
Calado desse modo?

Dom Juan
              Foi um caso
Que me levou; se não, jamais, senhora,
Teríeis descoberto meu segredo.

Dona Ana
Há muito tempo me amais?

Dom Juan
              Não sei,
E não importa quanto tempo, mas conheço o pleno
Valor da vida momentânea, desde então,
E o significado todo da palavra
Felicidade.

Dona Ana
    Afastai-vos, homem perigoso.

Dom Juan
Eu, perigoso? Mas por quê?

Dona Ana
              Eu tenho medo
De vossas falas.

Dom Juan
>Eu me calo, mas
Não enxoteis aquele que só sente
Prazer em ver-vos. Minhas esperanças
Afoitas, não as tenho mais, nem peço
Nenhum favor, mas, condenado a viver,
Eu devo ver-vos.

Dona Ana
>Ide embora. Não se fazem
Aqui tais disparates. Amanhã
É que vireis a minha casa. Se jurardes
Tratar-me com a mesma cortesia,
Vou receber-vos de noitinha: desde que fiquei
Viúva, não me encontro com ninguém...

Dom Juan
>Ó Dona Ana!
Meu anjo, como consolastes hoje
Um desgraçado sofredor, Deus vos console.

Dona Ana
>Retirai-vos.

Dom Juan
>Mais
Um minuto.

Dona Ana
>Tenho de partir eu mesma... não me vem
A oração à mente. Com palavras
Mundanas, distraístes-me; perdi,
Faz tempos, o costume de ouvi-las.
Vou receber-vos amanhã.

Dom Juan
>Não ouso
Ainda nisso crer, a tal felicidade

Não ouso entregar-me... Amanhã
Eu vos verei — e não aqui, não à sorrelfa!

Dona Ana
          Sim,
Sim, amanhã, de noite. Como vos chamais?

Dom Juan
Diego de Calvado.

Dona Ana
          Dom Diego,
Adeus.
(Vai embora)

Dom Juan
     Vem, Leporello!

Entra Leporello.

Leporello
          Em que posso
Servi-lo?

Dom Juan
   Caro Leporello! Tão feliz
Estou!... "De noite, amanhã!" Meu Leporello,
Para amanhã prepara... Feito um garotinho,
Estou feliz!

Leporello
  Falou com Dona Ana
O meu senhor? Talvez ela tivesse
Dito umas duas meigas palavrinhas
Ou recebido sua bênção?

Dom Juan
                    Não, meu Leporello!
Marcamos um encontro.

Leporello
                    É verdade?
Viúvas... todas são iguais.

Dom Juan
                    Estou feliz!
Estou para cantar e abraçar queria
O mundo todo.

Leporello
                    E o seu comendador?
O que diria disso?

Dom Juan
                    Achas que teria
Ciúmes? Não, é claro, ele sempre foi
Um homem razoável e, por certo,
Ficou mais calmo, logo que morreu.

Leporello
                    Não, olhe
Para a estátua dele.

Dom Juan
     O que tem?

Leporello
                    Parece
Que está olhando para nós, zangada.

Dom Juan
                    Vai,
Vai, Leporello, convidá-la para minha

Casa amanhã. Não, é melhor que venha para a casa
De Dona Ana.

Leporello
    Convidar uma estátua?
Por quê?

Dom Juan
    Sem dúvida, não para conversarmos
Com ela. Diz-lhe para vir de noite, amanhã,
E vigiar a porta.

Leporello
          O senhor
Está brincando, e com quem!

Dom Juan
    Vai logo.

Leporello
          Mas...

Dom Juan
Vai, Leporello.

Leporello
    Minha bela e preclara
Estátua! Dom Juan, meu dono, pede,
Humilde, para vir... Não, por amor de Deus,
Estou com medo.

Dom Juan
    Vai, poltrão!

Leporello
          Licença...
Meu dono, Dom Juan, está pedindo para
Vós virdes amanhã, de noite, para a casa

De vossa nobre esposa, e ficardes
A vigiar as portas...

A estátua inclina a cabeça em sinal de acordo.

    Ai!

Dom Juan
          O que aconteceu?

Leporello
Ai, ai! Eu vou morrer!

Dom Juan
    O que tu tens?

Leporello
(Inclinando a cabeça)
          É ela,
Estátua!

Dom Juan
    Tu me cumprimentas?

Leporello
         Não,
É ela, não sou eu!

Dom Juan
    Mas que bobagem!

Leporello
         Vá
E veja.

Dom Juan
    Bom, covarde.

(À estátua)

                Eu, comendador,
Queria que viesses visitar tua viúva,
Que me recebe amanhã, ficando
De sentinela às portas. Vens, então?

A estátua inclina outra vez a cabeça.

                Meu Deus!

Leporello
Foi isso. Bem que disse...

Dom Juan
                Vamos, vamos.

CENA IV

O quarto de Dona Ana.

Dom Juan e Dona Ana.

Dona Ana
Eu vos recebo, Dom Diego, mas
Receio que vos aborreça minha triste
Conversa: lembro-me, pobre viúva,
Da minha perda ainda, misturando,
Feito o abril, as lágrimas amargas
Com o sorriso. Por que estais calado?

Dom Juan
                Em silêncio,
Deleito-me com a ideia de que estou
A sós com a charmosa Dona Ana.
E não ali, ao lado do sepulcro

Daquele felizardo, ante o marido
De mármore plantada de joelhos.

Dona Ana
           Vós
Sois ciumento, Dom Diego. Meu marido,
Embora morto, continua a molestar-vos?

Dom Juan
Não devo ter ciúmes. Vós o escolhestes.

Dona Ana
           Não,
Foi minha mãe que me entregou a ele,
Dom Álvaro. Nós éramos tão pobres
E ele, rico.

Dom Juan
    Bem-aventurado! Pondo
Suas riquezas vãs aos pés da deusa, desfrutou,
Por isso mesmo, gozos inefáveis! Quanto
Prazer teria, se vos conhecesse antes,
Em permutar meu título, meus bens e tudo
Por um olhar benévolo tão só; seria
Escravo da vontade vossa, observando
Vossos caprichos para antecipá-los todos,
A fim de vossa vida se tornar
Um permanente encanto. Ai de mim!
O fado me proveu de outros dotes.

Dona Ana
Parai, Diego: escutar-vos é um grande
Pecado! Cumpre à viúva ser fiel
À campa do marido, eu não posso
Amar-vos. Se soubésseis como
Dom Álvaro me adorava. Com certeza,
Não ia receber uma mulher

Apaixonada, se viúvo; não, seria
Fiel ao seu amor de cônjuge.

Dom Juan
           Deixai
De afligir meu coração com as menções
Constantes ao marido morto. Chega
De torturar-me, bem que merecesse,
Talvez, o meu martírio.

Don Ana
           Como?
Vós não estais ligado a ninguém
Por laços sacros, certo? Desse modo,
Amando-me, vós não pecais perante
Os céus e mim.

Dom Juan
      Perante vós! Meu Deus!

Don Ana
Será que tendes culpa que me toque?
Dizei qual é.

Dom Juan
      Não, nunca!

Dona Ana
           O que foi,
Diego? Tendes culpa? Qual, contai-me.

Dom Juan
Não contarei jamais!

Dona Ana
      Diego, é estranho.
Eu peço, eu exijo.

Dom Juan
    Não!

Dona Ana
          Assim
É que obedeceis à minha soberana
Vontade! O que foi que me dissestes
Há pouco? Que queríeis ser meu servo.
Diego, ficarei zangada; respondei
Qual é a vossa culpa.

Dom Juan
             Tenho medo.
Vós me detestaríeis.

Dona Ana
    Não, perdoo-vos
De antemão, mas quero mesmo
Saber...

Dom Juan
    Pois não queirais sabê-lo,
Terrível e mortal segredo.

Dona Ana
          Tão terrível?
Cessai de torturar-me. Por demais
Sou curiosa. O que foi? E como vós ousastes
Vir ofender-me? Não vos conhecia;
Não tenho inimigos, nunca tive, menos
O assassino do marido.

Dom Juan
(Consigo mesmo)
          Ao desfecho
Estou chegando! Dom Juan, o desgraçado,
Dizei-me, vós o conheceis?

Dona Ana
    Jamais o vi.

Dom Juan
               Nutris
Algum rancor por ele na alma?

Dona Ana
              Por dever
Da honra. Mas tentais levar-me longe
Da minha dúvida. Exijo, Dom Diego...

Dom Juan
E se encontrásseis Dom Juan, o que faríeis?

Dona Ana
Enfiaria um punhal no coração daquele
Facínora.

Dom Juan
    Ei-lo, meu peito, Dona Ana.
E onde está o teu punhal?

Dona Ana
              Diego,
Estais doente?

Dom Juan
    Sou Juan, não sou Diego.

Dona Ana
Não pode ser, não creio. Não, meu Deus!

Dom Juan
Sou Dom Juan

Dona Ana
    Mentira.

Dom Juan
                    Eu matei
O teu marido; não me arrependo
Daquilo, e não tenho pena dele.

Dona Ana
Não, impossível, não! O que disseste?

Dom Juan
Sou Dom Juan e amo-te.

Dona Ana
(Desfalecendo)
         Socorro!
Estou mal, mal...

Dom Juan
        O que tem ela? Céus!
Levanta-te, vem, Dona Ana, o que tens?
Acorda, olha: teu escravo, teu Diego
Prostrado aos teus pés.

Dona Ana
                    Ah, vai embora!
(Débil)
És inimigo meu — de tudo o que amava
Tu me privaste...

Dom Juan
        Ó criatura terna!
Estou disposto a remir meu golpe,
Às tuas ordens fico, aos teus pés
Curvado: se quiseres, morro;
Se não, vou respirar só para ti.

Dona Ana
                    Pois esse
É Dom Juan...

Dom Juan
    Que vós imagináveis fosse
Um malfeitor, um monstro, Dona Ana?
Talvez não sejam os boatos totalmente
Mendazes; minha consciência fatigada
Talvez carregue muito mal. Sim, da luxúria
Fui um aluno dócil tanto tempo;
Mas, desde que vos vi, não sou, parece,
O mesmo homem. Amo as virtudes
Por vos amar a vós, e caio de joelhos,
Pela primeira vez, perante elas.

Dona Ana
             Sei
Que Dom Juan tem muita eloquência.
Ouvi falar que era um astuto
E pervertido tentador; um verdadeiro
Demônio, dizem. Quantas pobres moças
Vós seduzistes?

Dom Juan
    A nenhuma delas
Amei, até agora.

Dona Ana
    Vou acreditar
Que Dom Juan se tenha apaixonado
Pela primeira vez, sem procurar em mim
Mais uma vítima!

Dom Juan
    Querendo enganar-vos,
Teria dito o nome odioso
Que vós não suportáveis? Onde vedes
O dolo, a perfídia?

Dona Ana
    Vai saber! Mas como

Pudestes vir aqui; se vos reconhecessem,
Seria iminente vossa morte.

Dom Juan
A morte não é nada. Por um doce instante
D'amor, sem me queixar daria a vida.

Dona Ana
Mas como vós sairíeis, imprudente?

Dom Juan
(Beijando as mãos dela)
Cuidais assim da vida deste pobre
Juan? Não tem mais ódio, Dona Ana, tua
Celeste alma?

Dona Ana
    Se pudesse odiar-vos!
Porém devemos despedir-nos.

Dom Juan
         Quando
É que nos reveremos?

Dona Ana
         Outro dia.
Não sei.

Dom Juan
    E amanhã?

Dona Ana
         Mas onde?

Dom Juan
Aqui.

Dona Ana
    Ó Dom Juan, meu coração
É fraco.

Dom Juan
    Em sinal de teu perdão,
Dá-me um beijo.

Dona Ana
    Vai.

Dom Juan
              Um só, pacato, frio...

Dona Ana
És insolente! Toma aí, um só.
Alguém bateu à porta?... Vai embora,
Meu Dom Juan.

Dom Juan
    Adeus, até a vista, minha amiga linda.

(Sai e volta correndo)

Ah!

Dona Ana
    O que tens? Ah!

Entra a estátua do Comendador. Dona Ana cai.

Estátua
           Eu fui chamado
E vim.

Dom Juan
    Meu Deus! Ó Dona Ana!

Estátua
>Deixa-a logo.
Chegou teu fim. Tu tremes, Dom Juan.

Dom Juan
>Eu, não.
Chamei-te mesmo, que prazer em ver-te.

Estátua
Dá-me a mão.

Dom Juan
>Ah, quão pesada a destra
De pedra! Deixa-me a mão, agora, larga...
Estou morrendo. Acabou a vida. Dona Ana!

Caem no precipício.

FESTIM EM TEMPOS DA PESTE

(da tragédia *The city of the plague*, de Wilson)[1]

Uma rua. Uma mesa está posta. Alguns homens e mulheres a banquetear-se.

Moço
Honrado presidente! Vou lembrar-vos
Um homem conhecido, cujas falas
Hilárias, brincadeiras, réplicas argutas
E objeções, tão cáusticas em sua
Soberba engraçada, apimentavam
Esta conversa nossa, dispersando
As trevas que a infecção, maldita
Conviva, manda agora envolverem
As mentes mais brilhantes. Há dois dias,
O nosso riso vinha exaltando
Seus contos; não podemos esquecer,
No êxtase da festa, Jackson! Seu assento
Está vazio, a esperar, parece,
Pelo gaiato que se foi embora,
Para as moradas frias subterrâneas...
E mesmo que se cale sua língua

---

[1] A peça *Festim em tempos da peste* baseia-se numa das cenas do drama *Cidade da peste*, do escritor escocês John Wilson (1785-1854), a qual foi substancialmente modificada por Púchkin.

Tão eloquente no sepulcro, somos muitos,
Ainda vivos, e nenhum motivo temos
De contristar-nos. Pois então proponho
Brindarmos à memória dele com tinir
De copos e alegres brados, como
Se não tivesse sido sepultado.

Presidente
Foi o primeiro a deixar a nossa mesa.
Em homenagem dele beberemos
Calados.

Moço
    Seja assim!

Todos bebem em silêncio.

Presidente
          A tua voz, querida,
Refaz os sons dos cantos da terrinha
Com uma perfeição selvagem. Canta, Mary,
Uma cantiga longa e tristonha,
Para depois voltarmos ao festejo
Mais loucos, como quem foi afastado
Da terra por uma visão baldia.

Mary
(Canta)

Noutros tempos prosperava
Nossa lépida terrinha:
No domingo pululava
De devotos a igrejinha.
Da criançada nossa as vozes
Pela escola ressoavam,
E as gadanhas bem velozes
Na seara fulguravam.

Ora a igreja está trancada
E vazio o bosque escuro,
Nossa escola abandonada,
Cai o centeio de maduro.
O arraial, de tão funéreo,
Co'as ruínas se parece.
Nem um som. Só o cemitério
Não se cala: cresce, cresce!

Só caixões, a cada instante
Mais caixões amontoados;
Reza o povo soluçante
Pelas almas dos finados!
Como o gado trepidante
Juntam-se em rebanho as valas:
Tantas são que a cada instante
Falta chão para cavá-las!

Se a morrer precocemente
Tua Jenny for fadada,
Peço-te, meu bem, abstém-te
De beijar a morta amada.
Se me for ainda nova,
Tu, que teu amor me deste,
Vê de longe a minha cova,
Foge da maldita peste!

Vai embora, não demores!
Deixa os arrasados lares
Para das pungentes dores
Da tua alma te curares.
Volta apenas, quando as pragas
Derem trégua ao pobre mundo.
Mesmo nas celestes plagas
Jenny lembra seu Edmundo!

Presidente
Agradecemos, pensativa Mary,

Tua canção plangente! Noutros tempos,
A peste como esta visitava,
Talvez, seus vales e colinas; ressoavam
Os gritos lastimosos pelas margens
Daqueles rios e córregos que hoje,
Pacíficos e ledos, fluem através
Do Éden sáfaro de tua terra, Mary.
O lutuoso ano, que colhera tantas
Impávidas, bondosas, belas almas,
Sequer deixou lembranças numa simples
Canção dos campos, triste e aprazível...
Não, nada nos aflige mais, no meio
Das alegrias, que um langoroso
Som repetido pelo coração!

Mary
               Quem dera
Jamais cantasse fora da casinha
Dos pais! Eles gostavam de escutar-me.
Parece que me ouço a mim mesma
Cantar à porta amada. Minha voz
Era mais doce nesses tempos, sendo
A voz da inocência...

Luísa
              Já saíram
Da moda tais canções! Há, todavia,
Simplórias almas: elas se comprazem
Em derreter-se com os choros femininos
E acreditam nestes. Ela não duvida
De que os seus olhares lacrimosos
São imbatíveis e, pensando o mesmo
Do seu sorriso, não parava, creio,
De rir. Elogiava Walsingham as lindas
E desbocadas nórdicas, por isso
Ficou gemendo ela. Eu detesto
As escocesas de cabelo flavo.

Presidente
                Ouçam,
As rodas rangem!

Vem uma carroça cheia de cadáveres. Um negro dirige-a.

     Passa mal Luísa, olhem!
Achava que tivesse, a julgar
Pelas palavras dela, coração de homem.
Mas nada disso: em sua alma atormentada
Pelas paixões, o medo vive; a dureza
É menos forte que a suavidade! Joga, Mary,
Um pouco d'água no seu rosto. Isso...
Está melhor.

Mary
     Irmã de dor e de vergonha, vem
Deitar-te no meu peito.

Luísa
(Recuperando os sentidos)
               Eu sonhei
Com um demônio pavoroso: todo negro,
De olhos brancos... Ele me chamava
Para a carroça sua. Nela havia
Cadáveres a murmurar palavras
Ignotas e terríveis. Foi um sonho
Ou a carroça, digam, cá passou?

Moço
              Luísa,
Vem, ânimo! Conquanto nossa rua
Proteja, taciturna, estes nossos
Festins da morte, sabes, a carroça negra
Tem o direito de passar por toda a parte.
Deixemo-la passar. Escuta,
Tu, Walsingham: a fim de prevenirmos
Contendas e desmaios femininos, canta

Uma canção bem livre, viva para nós;
Uma canção não inspirada pela escocesa
Melancolia, mas bacante, furiosa,
Nascida junto à fervente taça.

Presidente
           Não conheço
Canções assim, mas cantarei um hino
À peste — fi-lo, quando só, na noite
Passada. Veio-me, pela primeira vez na vida,
Uma vontade estranha de rimar! Escutem:
Rouquenha, minha voz convém ao canto.

Muitos
Hino à peste! Vamos escutá-lo! Hino
À peste! Que beleza! Bravo, bravo!

Presidente
(Canta)

Tão logo o Inverno poderoso
Envia, prócer vigoroso,
A tropa de híspidas guerreiras,
Nevascas bravas, contra a gente,
Acendem-se nossas lareiras
E faz-se uma festança ardente.

Rainha inexorável Peste,
Às nossas portas tu bateste
Co'a pá da sepultura fria,
Em busca da feraz colheita
De vidas, num sinistro dia...
O que faremos desta feita?

Como do Inverno mau outrora,
Tranquemo-nos da Peste agora!
Mandemos o pavor às traças
E, nosso espírito enlutado

A soçobrar nas ledas taças,
Louvemos, Peste, teu reinado.

Há gozos na cruel batalha
E à beira da infernal fornalha,
Em alto-mar, tornando certo
As vagas negras o naufrágio,
E na tormenta do deserto,
E na ameaça do contágio.

Aquilo que trouxer perigos
Mortais, encerra, meus amigos,
Prazeres sumos em seu seio,
Penhor, talvez, da eternidade!
Feliz quem os achar no meio
Da furiosa tempestade.

Hosana, morte negra, Hosana!
Não nos aterrarás, tirana.
Ao teu apelo atenderemos,
Erguendo o copo transbordado,
E o beijo doce beberemos,
Quiçá... de peste carregado!

Entra um velho sacerdote.

Sacerdote
Hereges loucos, festa impudica!
Com esses cantos da devassidão e esse
Festim, vós profanais o fúnebre silêncio
Que vem a morte propagando! No terror
Das lúgubres exéquias, lá no cemitério,
Entre os rostos pálidos, eu rezo, mas
Vossos arroubos odiosos estremecem
A terra sobre os defuntos, espantando
A pacatez dos ataúdes! Se as orações
De velhos e mulheres não tivessem
Abençoado o túmulo comum, iria

Pensar que os demônios estariam
Dilacerando, às risadas, o perdido
Espírito dum ímpio carregado
Para as medonhas trevas.

Algumas vozes
           Ele sabe
Pintar-nos o inferno! Vai, velhote,
Cuidar de tuas coisas!

Sacerdote
           Eu vos rogo,
Pelo sagrado sangue do messias
Por nós crucificado: se quiserdes
Reaver no céu as almas dos amados mortos,
Deixai a monstruosa festa e voltai
A casa!

Presidente
    Nossas casas andam tristes,
De alegrias gosta a mocidade.

Sacerdote
És tu, aquele Walsingham que, ajoelhado,
Há três semanas, abraçava o cadáver
De sua mãe, chorava, convulsivo,
Ao pé da sepultura? Imaginas
Que ela mesma, já no céu, não chore,
Não verta lágrimas amargas, ora vendo
Seu filho nessa festa lúbrica, ouvindo
A tua voz cantar horripilantes
Canções entre as sacrossantas rezas
E os suspiros dolorosos? Vem comigo!

Presidente
Por que vens inquietar-me? Eu não posso,
Não devo ir contigo: desespero,
Recordações funestas, consciência

De meus abusos, medo do vazio
De minha casa morta — tudo isso
Segura-me aqui, além da novidade
Desta alegria furibunda, do bendito
Veneno deste copo, das carícias
(Deus me perdoe) desta criatura libertina,
Mas linda... Não me tirará daqui a sombra
Da mãe... Eu ouço tua voz que chama
Por mim, eu reconheço teus esforços
Em redimir-me, mas é tarde... Velho,
Vai, vai em paz; porém, maldito seja
Quem te seguir!

Muitos
    Ó digno presidente! Bravo!
Eis a resposta! Vai embora, vai!

Sacerdote
A inocente alma de Matilde clama
Por ti!

Presidente
(Fica em pé)
    Levanta aos céus a tua branca, murcha,
Rugosa mão e jura-me que nunca
Mencionarás de novo esse nome, para sempre
Calado no caixão! Ah, se pudesse
Poupar seus olhos imortais de verem
A nossa festa! Ela me achava puro,
Outrora, orgulhoso, livre; desfrutava
Do Éden nos meus braços... Eu te vejo, santa
Filha da luz, naquelas plagas que meu decaído
Espírito jamais alcançará...

Voz feminina
    Está maluco:
Com a mulher, que sepultou, conversa!

Sacerdote
                Vamos, vamos...

Presidente
Meu pai, pelo amor de Deus, deixai-me!

Sacerdote
Perdoa-me, meu filho. Deus te salve!

Retira-se. O festim continua. O presidente fica imerso numa meditação profunda.

O SOL DA POESIA RUSSA

Todo o mundo conhece Alexandr Púchkin. Foi o maior poeta russo do século XIX e, não falta quem o afirme, de todos os tempos. Foi o autor das obras mais lidas naquelas paragens: peçam a qualquer russo, nem que seja uma criança, para recitar algum verso puchkiniano, e ele fará isso sem gaguejar. Foi o criador do vernáculo russo moderno, já que a norma culta da língua usada na Rússia de hoje remonta ao vocabulário dele. Gênio, perfeito, iluminado — todos estes epítetos se aplicam, merecidamente, ao escritor Púchkin. Poucos sabem, no entanto, como era o Púchkin-homem, aquele indivíduo que os amigos e admiradores chamavam de vate, e os desafetos, de vagabundo que por acaso tinha escrito lá umas bagatelas.

Para começar, era mulato. Pois sim, não estou delirando! Seu bisavô materno Aníbal, etíope, foi trazido à Rússia como escravo. Presenteado ao imperador Pedro, o Grande, ganhou alforria, estudou ciências exatas na França e fez uma respeitável carreira de engenheiro militar. O bisneto se parecia singularmente com ele; quem duvidar disso, consulte o notório quadro de Orest Kiprênski.[1]

---

[1] Orest Adâmovitch Kiprênski (1782-1836): pintor russo, famoso, sobretudo, como retratista.

Filho de uma família abastada, Púchkin passou seis anos no famoso Lycée de Tsárskoie Seló (Vila Czarina), colégio interno que formava a elite do Império Russo. Datam daquele tempo suas primeiras experiências poéticas, inclusive um brilhante poema em francês, idioma que dominava como o nativo, no qual esboça seu perfil carismático — *vrai démon pour l'espièglerie...*[2] A vocação literária de Púchkin se revelou muito cedo. Garoto de quinze anos, declamou suas *Memórias de Tsárskoie Seló* num exame colegial, e o convidado de honra Derjávin,[3] astro da poesia russa, veio abraçá-lo com lágrimas de emoção. Outro renomado poeta, Jukóvski,[4] mandou para ele seu retrato com a dedicatória: *Ao discípulo vencedor do mestre vencido.*

A vida de Púchkin se dividiu entre duas paixões avassaladoras. Com igual veemência, ele compunha versos e cortejava mulheres. Tinha namorado diversas aristocratas e camponesas, casando-se, afinal, com a bela Natália Gontcharova, que lhe daria quatro filhos, herdeiros de carne. E produziu inúmeras obras, herdeiras de espírito, que consagrariam seu nome. Deixou para a posteridade *Evguêni Onêguin*, romance lírico em que sua abrangente visão do caráter russo fica eternizada; *Boris Godunov*, drama monumental sobre o poderio que corrompe a alma dos poderosos; *Pequenas tragédias*, sentença irrefutável à avareza, à inveja e a outros pecados humanos; *A filha do capitão*, novela de cunho histórico sobre o levante popular contra a tirania dos czares; e, claro, poemas de vários estilos e gêneros, com especial destaque para os de amor:

Amei-vos. Meu amor talvez subsista
No fundo de minha alma, bem ou mal.
Contudo não temais que eu nele insista:

---

[2] "... verdadeiro capeta de tão travesso" (em francês).
[3] Gavriil Românovitch Derjávin (1743-1816): poeta neoclássico e estadista russo.
[4] Vassíli Andréievitch Jukóvski (1783-1852): poeta romântico, tradutor e crítico russo.

Não quero que vos aflijais com tal.
Amei, desesperado de ciúme,
Com toda a timidez que um homem tem,
Mas tão sincero como queira o nume
Que vós sejais amada por outrem.

É pena os leitores lusófonos desconhecerem a maioria dessas pérolas de inspiração! As barreiras linguísticas são, muitas vezes, insuperáveis...

Por um lado, a poesia proporcionou a Púchkin louros imorredouros; por outro lado, rendeu-lhe, quando satírica e subversiva, uma legião de inimigos. Por causa dos epigramas, que escarneciam as altas-rodas de São Petersburgo, o poeta chegou a ser expulso da capital e morou alguns anos no sul da Rússia. Ao longo de sua vida, envolveu-se, sem sombra de exagero, em vinte e um duelos, dezessete dos quais terminaram em pazes e quatro foram levados a cabo!

Versado em meia dúzia de línguas ocidentais, Púchkin lia Horácio[5] e Goethe,[6] adorava Byron, traduzia Ariosto[7] e André Chénier.[8] Poeta por excelência, destacava-se pela amplitude de sua erudição: tanto a filosofia dos iluministas quanto o folclore dos sérvios despertavam a mais viva curiosidade dele. Parece inacreditável, mas é também a Púchkin, tradutor de uma das comoventes "liras" de Tomás Antônio Gonzaga, que os russos devem seu precoce conhecimento da poesia brasileira.

A morte de Púchkin foi trágica. Corriam rumores de que sua esposa tivesse um caso com Georges D'Anthès, cavalheiro francês que viera caçar aventuras na Rússia, e o poeta resolveu lavar a desonra com sangue. O último duelo

---

[5] Quinto Horácio Flaco (65-8 a.C): grande poeta romano.
[6] Johann Wolfgang Goethe (1749-1832): poeta e pensador, um dos maiores expoentes da literatura alemã.
[7] Ludovico Ariosto (1474-1533): poeta italiano, autor da epopeia *Orlando furioso*.
[8] André Marie Chénier (1762-1794): poeta lírico francês.

aconteceu em pleno inverno, num bosque coberto de neve, tendo desfecho fatal: Púchkin foi baleado no abdômen e faleceu dois dias depois. E seu assassino voltou, impune, para a França e viveu mais quase sessenta anos; dizem que quis almoçar, já ancião, num restaurante parisiense visitado pelos imigrantes russos, e, vendo-o entrar, estes lhe viraram unânime e ostensivamente as costas. "O demônio se meteu nisso..." — contava D'Anthès sobre seu duelo com Púchkin. Por certo, o mesmo demônio que costuma tornar a mediocridade longeva!

A existência física do poeta acabou, mas sua glória ficou para sempre. Apelidado pelos contemporâneos de "sol da poesia russa" e venerado, na época soviética, a par dos líderes do país, Púchkin chegou aos nossos dias como integrante do currículo escolar e herói das lendas urbanas, protagonista das teses e anedotas, personagem dos filmes e grafites juvenis. Portanto não se surpreendam se, perguntado sobre quem vai comprar pão ou pagar as contas do mês, seu interlocutor russo responder com risadas — Púchkin! Esse é um dos modos de prestar homenagem ao ídolo nacional.

Oleg Almeida

O OBJETIVO, A FILOSOFIA E A MISSÃO
DA EDITORA MARTIN CLARET

O principal objetivo da Martin Claret é contribuir para a difusão da educação e da cultura, por meio da democratização do livro, usando os canais de comercialização habituais, além de criar novos.

A filosofia de trabalho da Martin Claret consiste em produzir livros de qualidade a um preço acessível, para que possam ser apreciados pelo maior número possível de leitores.

A missão da Martin Claret é conscientizar e motivar as pessoas a desenvolver e utilizar o seu pleno potencial espiritual, mental, emocional e social.

O livro muda as pessoas. Revolucione-se: leia mais para ser mais!

MARTIN CLARET

Relação dos Volumes Publicados

1. Dom Casmurro
   Machado de Assis
2. O Príncipe
   Maquiavel
3. Mensagem
   Fernando Pessoa
4. O Lobo do Mar
   Jack London
5. A Arte da Prudência
   Baltasar Gracián
6. Iracema / Cinco Minutos
   José de Alencar
7. Inocência
   Visconde de Taunay
8. A Mulher de 30 Anos
   Honoré de Balzac
9. A Moreninha
   Joaquim Manuel de Macedo
10. A Escrava Isaura
    Bernardo Guimarães
11. As Viagens - "Il Milione"
    Marco Polo
12. O Retrato de Dorian Gray
    Oscar Wilde
13. A Volta ao Mundo em 80 Dias
    Júlio Verne
14. A Carne
    Júlio Ribeiro
15. Amor de Perdição
    Camilo Castelo Branco
16. Sonetos
    Luís de Camões
17. O Guarani
    José de Alencar
18. Memórias Póstumas de Brás Cubas
    Machado de Assis
19. Lira dos Vinte Anos
    Álvares de Azevedo
20. Apologia de Sócrates / Banquete
    Platão
21. A Metamorfose/Um Artista da Fome/Carta a Meu Pai
    Franz Kafka
22. Assim Falou Zaratustra
    Friedrich Nietzsche
23. Triste Fim de Policarpo Quaresma
    Lima Barreto
24. A Ilustre Casa de Ramires
    Eça de Queirós
25. Memórias de um Sargento de Milícias
    Manuel Antônio de Almeida
26. Robinson Crusoé
    Daniel Defoe
27. Espumas Flutuantes
    Castro Alves
28. O Ateneu
    Raul Pompeia
29. O Noviço / O Juiz de Paz da Roça / Quem Casa Quer Casa
    Martins Pena
30. A Relíquia
    Eça de Queirós
31. O Jogador
    Dostoiévski
32. Histórias Extraordinárias
    Edgar Allan Poe
33. Os Lusíadas
    Luís de Camões
34. As Aventuras de Tom Sawyer
    Mark Twain
35. Bola de Sebo e Outros Contos
    Guy de Maupassant
36. A República
    Platão
37. Elogio da Loucura
    Erasmo de Rotterdam
38. Caninos Brancos
    Jack London
39. Hamlet
    William Shakespeare
40. A Utopia
    Thomas More
41. O Processo
    Franz Kafka
42. O Médico e o Monstro
    Robert Louis Stevenson
43. Ecce Homo
    Friedrich Nietzsche
44. O Manifesto do Partido Comunista
    Marx e Engels
45. Discurso do Método / Regras para a Direção do Espírito
    René Descartes
46. Do Contrato Social
    Jean-Jacques Rousseau
47. A Luta pelo Direito
    Rudolf von Ihering
48. Dos Delitos e das Penas
    Cesare Beccaria
49. A Ética Protestante e o Espírito do Capitalismo
    Max Weber
50. O Anticristo
    Friedrich Nietzsche
51. Os Sofrimentos do Jovem Werther
    Goethe
52. As Flores do Mal
    Charles Baudelaire
53. Ética a Nicômaco
    Aristóteles
54. A Arte da Guerra
    Sun Tzu
55. Imitação de Cristo
    Tomás de Kempis
56. Cândido ou o Otimismo
    Voltaire
57. Rei Lear
    William Shakespeare
58. Frankenstein
    Mary Shelley
59. Quincas Borba
    Machado de Assis
60. Fedro
    Platão
61. Política
    Aristóteles
62. A Viuvinha / Encarnação
    José de Alencar
63. As Regras do Método Sociológico
    Émile Durkheim
64. O Cão dos Baskervilles
    Sir Arthur Conan Doyle
65. Contos Escolhidos
    Machado de Assis
66. Da Morte / Metafísica do Amor / Do Sofrimento do Mundo
    Arthur Schopenhauer
67. As Minas do Rei Salomão
    Henry Rider Haggard
68. Manuscritos Econômico-Filosóficos
    Karl Marx
69. Um Estudo em Vermelho
    Sir Arthur Conan Doyle
70. Meditações
    Marco Aurélio
71. A Vida das Abelhas
    Maurice Materlinck
72. O Cortiço
    Aluísio Azevedo
73. Senhora
    José de Alencar
74. Brás, Bexiga e Barra Funda / Laranja da China
    Antônio de Alcântara Machado
75. Eugênia Grandet
    Honoré de Balzac
76. Contos Gauchescos
    João Simões Lopes Neto
77. Esaú e Jacó
    Machado de Assis
78. O Desespero Humano
    Sören Kierkegaard
79. Dos Deveres
    Cícero
80. Ciência e Política
    Max Weber
81. Satíricon
    Petrônio
82. Eu e Outras Poesias
    Augusto dos Anjos
83. Farsa de Inês Pereira / Auto da Barca do Inferno / Auto da Alma
    Gil Vicente
84. A Desobediência Civil e Outros Escritos
    Henry David Toreau
85. Para Além do Bem e do Mal
    Friedrich Nietzsche
86. A Ilha do Tesouro
    R. Louis Stevenson
87. Marília de Dirceu
    Tomás A. Gonzaga
88. As Aventuras de Pinóquio
    Carlo Collodi
89. Segundo Tratado Sobre o Governo
    John Locke
90. Amor de Salvação
    Camilo Castelo Branco
91. Broquéis/Faróis/ Últimos Sonetos
    Cruz e Souza
92. I-Juca-Pirama / Os Timbiras / Outros Poemas
    Gonçalves Dias
93. Romeu e Julieta
    William Shakespeare
94. A Capital Federal
    Arthur Azevedo
95. Diário de um Sedutor
    Sören Kierkegaard
96. Carta de Pero Vaz de Caminha a El-Rei Sobre o Achamento do Brasil
97. Casa de Pensão
    Aluísio Azevedo
98. Macbeth
    William Shakespeare

99. ÉDIPO REI/ANTÍGONA
   Sófocles
100. LUCÍOLA
   José de Alencar
101. AS AVENTURAS DE SHERLOCK HOLMES
   Sir Arthur Conan Doyle
102. BOM-CRIOULO
   Adolfo Caminha
103. HELENA
   Machado de Assis
104. POEMAS SATÍRICOS
   Gregório de Matos
105. ESCRITOS POLÍTICOS / A ARTE DA GUERRA
   Maquiavel
106. UBIRAJARA
   José de Alencar
107. DIVA
   José de Alencar
108. EURICO, O PRESBÍTERO
   Alexandre Herculano
109. OS MELHORES CONTOS
   Lima Barreto
110. A LUNETA MÁGICA
   Joaquim Manuel de Macedo
111. FUNDAMENTAÇÃO DA METAFÍSICA DOS COSTUMES E OUTROS ESCRITOS
   Immanuel Kant
112. O PRÍNCIPE E O MENDIGO
   Mark Twain
113. O DOMÍNIO DE SI MESMO PELA AUTO-SUGESTÃO CONSCIENTE
   Emile Coué
114. O MULATO
   Aluísio Azevedo
115. SONETOS
   Florbela Espanca
116. UMA ESTADIA NO INFERNO / POEMAS / CARTA DO VIDENTE
   Arthur Rimbaud
117. VÁRIAS HISTÓRIAS
   Machado de Assis
118. FÉDON
   Platão
119. POESIAS
   Olavo Bilac
120. A CONDUTA PARA A VIDA
   Ralph Waldo Emerson
121. O LIVRO VERMELHO
   Mao Tsé-Tung
122. ORAÇÃO AOS MOÇOS
   Rui Barbosa
123. OTELO, O MOURO DE VENEZA
   William Shakespeare
124. ENSAIOS
   Ralph Waldo Emerson
125. DE PROFUNDIS / BALADA DO CÁRCERE DE READING
   Oscar Wilde
126. CRÍTICA DA RAZÃO PRÁTICA
   Immanuel Kant
127. A ARTE DE AMAR
   Ovídio Naso
128. O TARTUFO OU O IMPOSTOR
   Molière
129. METAMORFOSES
   Ovídio Naso
130. A GAIA CIÊNCIA
   Friedrich Nietzsche
131. O DOENTE IMAGINÁRIO
   Molière
132. UMA LÁGRIMA DE MULHER
   Aluísio Azevedo
133. O ÚLTIMO ADEUS DE SHERLOCK HOLMES
   Sir Arthur Conan Doyle
134. CANUDOS - DIÁRIO DE UMA EXPEDIÇÃO
   Euclides da Cunha
135. A DOUTRINA DE BUDA
   Siddharta Gautama
136. TAO TE CHING
   Lao-Tsé
137. DA MONARQUIA / VIDA NOVA
   Dante Alighieri
138. A BRASILEIRA DE PRAZINS
   Camilo Castelo Branco
139. O VELHO DA HORTA/QUEM TEM FARELOS?/AUTO DA ÍNDIA
   Gil Vicente
140. O SEMINARISTA
   Bernardo Guimarães
141. O ALIENISTA / CASA VELHA
   Machado de Assis
142. SONETOS
   Manuel du Bocage
143. O MANDARIM
   Eça de Queirós
144. NOITE NA TAVERNA / MACÁRIO
   Álvares de Azevedo
145. VIAGENS NA MINHA TERRA
   Almeida Garrett
146. SERMÕES ESCOLHIDOS
   Padre Antonio Vieira
147. OS ESCRAVOS
   Castro Alves
148. O DEMÔNIO FAMILIAR
   José de Alencar
149. A MANDRÁGORA / BELFAGOR, O ARQUIDIABO
   Maquiavel
150. O HOMEM
   Aluísio Azevedo
151. ARTE POÉTICA
   Aristóteles
152. A MEGERA DOMADA
   William Shakespeare
153. ALCESTE/ELECTRA/HIPÓLITO
   Eurípedes
154. O SERMÃO DA MONTANHA
   Huberto Rohden
155. O CABELEIRA
   Franklin Távora
156. RUBÁIYÁT
   Omar Khayyám
157. LUZIA-HOMEM
   Domingos Olímpio
158. A CIDADE E AS SERRAS
   Eça de Queirós
159. A RETIRADA DA LAGUNA
   Visconde de Taunay
160. A VIAGEM AO CENTRO DA TERRA
   Júlio Verne
161. CARAMURU
   Frei Santa Rita Durão
162. CLARA DOS ANJOS
   Lima Barreto
163. MEMORIAL DE AIRES
   Machado de Assis
164. BHAGAVAD GITA
   Krishna
165. O PROFETA
   Khalil Gibran
166. AFORISMOS
   Hipócrates
167. KAMA SUTRA
   Vatsyayana
168. HISTÓRIAS DE MOWGLI
   Rudyard Kipling
169. DE ALMA PARA ALMA
   Huberto Rohden
170. ORAÇÕES
   Cícero
171. SABEDORIA DAS PARÁBOLAS
   Huberto Rohden
172. SALOMÉ
   Oscar Wilde
173. DO CIDADÃO
   Thomas Hobbes
174. PORQUE SOFREMOS
   Huberto Rohden
175. EINSTEIN: O ENIGMA DO UNIVERSO
   Huberto Rohden
176. A MENSAGEM VIVA DO CRISTO
   Huberto Rohden
177. MAHATMA GANDHI
   Huberto Rohden
178. A CIDADE DO SOL
   Tommaso Campanella
179. SETAS PARA O INFINITO
   Huberto Rohden
180. A VOZ DO SILÊNCIO
   Helena Blavatsky
181. FREI LUÍS DE SOUSA
   Almeida Garrett
182. FÁBULAS
   Esopo
183. CÂNTICO DE NATAL/ OS CARRILHÕES
   Charles Dickens
184. CONTOS
   Eça de Queirós
185. O PAI GORIOT
   Honoré de Balzac
186. NOITES BRANCAS E OUTRAS HISTÓRIAS
   Dostoiévski
187. MINHA FORMAÇÃO
   Joaquim Nabuco
188. PRAGMATISMO
   William James
189. DISCURSOS FORENSES
   Enrico Ferri
190. MEDEIA
   Eurípedes
191. DISCURSOS DE ACUSAÇÃO
   Enrico Ferri
192. A IDEOLOGIA ALEMÃ
   Marx & Engels
193. PROMETEU ACORRENTADO
   Ésquilo
194. IAIÁ GARCIA
   Machado de Assis
195. DISCURSOS NO INSTITUTO DOS ADVOGADOS BRASILEIROS / DISCURSO NO COLÉGIO ANCHIETA
   Rui Barbosa
196. ÉDIPO EM COLONO
   Sófocles
197. A ARTE DE CURAR PELO ESPÍRITO
   Joel S. Goldsmith
198. JESUS, O FILHO DO HOMEM
   Khalil Gibran
199. DISCURSO SOBRE A ORIGEM E OS FUNDAMENTOS DA DESIGUALDADE ENTRE OS HOMENS
   Jean-Jacques Rousseau
200. FÁBULAS
   La Fontaine
201. O SONHO DE UMA NOITE DE VERÃO
   William Shakespeare

202. MAQUIAVEL, O PODER
    José Nivaldo Junior
203. RESSURREIÇÃO
    Machado de Assis
204. O CAMINHO DA FELICIDADE
    Huberto Rohden
205. A VELHICE DO PADRE ETERNO
    Guerra Junqueiro
206. O SERTANEJO
    José de Alencar
207. GITANJALI
    Rabindranath Tagore
208. SENSO COMUM
    Thomas Paine
209. CANAÃ
    Graça Aranha
210. O CAMINHO INFINITO
    Joel S. Goldsmith
211. PENSAMENTOS
    Epicuro
212. A LETRA ESCARLATE
    Nathaniel Hawthorne
213. AUTOBIOGRAFIA
    Benjamin Franklin
214. MEMÓRIAS DE
    SHERLOCK HOLMES
    Sir Arthur Conan Doyle
215. O DEVER DO ADVOGADO /
    POSSE DE DIREITOS PESSOAIS
    Rui Barbosa
216. O TRONCO DO IPÊ
    José de Alencar
217. O AMANTE DE LADY
    CHATTERLEY
    D. H. Lawrence
218. CONTOS AMAZÔNICOS
    Inglês de Souza
219. A TEMPESTADE
    William Shakespeare
220. ONDAS
    Euclides da Cunha
221. EDUCAÇÃO DO HOMEM
    INTEGRAL
    Huberto Rohden
222. NOVOS RUMOS PARA A
    EDUCAÇÃO
    Huberto Rohden
223. MULHERZINHAS
    Louise May Alcott
224. A MÃO E A LUVA
    Machado de Assis
225. A MORTE DE IVAN ILICHT
    / SENHORES E SERVOS
    Leon Tolstói
226. ÁLCOOIS E OUTROS POEMAS
    Apollinaire
227. PAIS E FILHOS
    Ivan Turguêniev
228. ALICE NO PAÍS DAS
    MARAVILHAS
    Lewis Carroll
229. À MARGEM DA HISTÓRIA
    Euclides da Cunha
230. VIAGEM AO BRASIL
    Hans Staden
231. O QUINTO EVANGELHO
    Tomé
232. LORDE JIM
    Joseph Conrad
233. CARTAS CHILENAS
    Tomás Antônio Gonzaga
234. ODES MODERNAS
    Antero de Quental
235. DO CATIVEIRO BABILÔNICO
    DA IGREJA
    Martinho Lutero
236. O CORAÇÃO DAS TREVAS
    Joseph Conrad
237. THAIS
    Anatole France
238. ANDRÔMACA / FEDRA
    Racine
239. AS CATILINÁRIAS
    Cícero
240. RECORDAÇÕES DA CASA
    DOS MORTOS
    Dostoiévski
241. O MERCADOR DE VENEZA
    William Shakespeare
242. A FILHA DO CAPITÃO /
    A DAMA DE ESPADAS
    Aleksandr Púchkin
243. ORGULHO E PRECONCEITO
    Jane Austen
244. A VOLTA DO PARAFUSO
    Henry James
245. O GAÚCHO
    José de Alencar
246. TRISTÃO E ISOLDA
    Lenda Medieval Celta de Amor
247. POEMAS COMPLETOS DE
    ALBERTO CAEIRO
    Fernando Pessoa
248. MAIAKÓVSKI
    Vida e Poesia
249. SONETOS
    William Shakespeare
250. POESIA DE RICARDO REIS
    Fernando Pessoa
251. PAPÉIS AVULSOS
    Machado de Assis
252. CONTOS FLUMINENSES
    Machado de Assis
253. O BOBO
    Alexandre Herculano
254. A ORAÇÃO DA COROA
    Demóstenes
255. O CASTELO
    Franz Kafka
256. O TROVEJAR DO SILÊNCIO
    Joel S. Goldsmith
257. ALICE NA CASA DOS ESPELHOS
    Lewis Carrol
258. MISÉRIA DA FILOSOFIA
    Karl Marx
259. JÚLIO CÉSAR
    William Shakespeare
260. ANTÔNIO E CLEÓPATRA
    William Shakespeare
261. FILOSOFIA DA ARTE
    Huberto Rohden
262. A ALMA ENCANTADORA
    DAS RUAS
    João do Rio
263. A NORMALISTA
    Adolfo Caminha
264. POLLYANNA
    Eleanor H. Porter
265. AS PUPILAS DO SENHOR REITOR
    Júlio Diniz
266. AS PRIMAVERAS
    Casimiro de Abreu
267. FUNDAMENTOS DO DIREITO
    Léon Duguit
268. DISCURSOS DE METAFÍSICA
    G. W. Leibniz
269. SOCIOLOGIA E FILOSOFIA
    Émile Durkheim
270. CANCIONEIRO
    Fernando Pessoa
271. A DAMA DAS CAMÉLIAS
    Alexandre Dumas (filho)
272. O DIVÓRCIO /
    AS BASES DA FÉ /
    E OUTROS TEXTOS
    Rui Barbosa
273. POLLYANNA MOÇA
    Eleanor H. Porter
274. O 18 BRUMÁRIO DE
    LUÍS BONAPARTE
    Karl Marx
275. TEATRO DE MACHADO DE ASSIS
    Antologia
276. CARTAS PERSAS
    Montesquieu
277. EM COMUNHÃO COM DEUS
    Huberto Rohden
278. RAZÃO E SENSIBILIDADE
    Jane Austen
279. CRÔNICAS SELECIONADAS
    Machado de Assis
280. HISTÓRIAS DA MEIA-NOITE
    Machado de Assis
281. CYRANO DE BERGERAC
    Edmond Rostand
282. O MARAVILHOSO MÁGICO DE OZ
    L. Frank Baum
283. TROCANDO OLHARES
    Florbela Espanca
284. O PENSAMENTO FILOSÓFICO
    DA ANTIGUIDADE
    Huberto Rohden
285. FILOSOFIA CONTEMPORÂNEA
    Huberto Rohden
286. O ESPÍRITO DA FILOSOFIA
    ORIENTAL
    Huberto Rohden
287. A PELE DO LOBO /
    O BADEJO / O DOTE
    Artur Azevedo
288. OS BRUZUNDANGAS
    Lima Barreto
289. A PATA DA GAZELA
    José de Alencar
290. O VALE DO TERROR
    Sir Arthur Conan Doyle
291. O SIGNO DOS QUATRO
    Sir Arthur Conan Doyle
292. AS MÁSCARAS DO DESTINO
    Florbela Espanca
293. A CONFISSÃO DE LÚCIO
    Mário de Sá-Carneiro
294. FALENAS
    Machado de Assis
295. O URAGUAI /
    A DECLAMAÇÃO TRÁGICA
    Basílio da Gama
296. CRISÁLIDAS
    Machado de Assis
297. AMERICANAS
    Machado de Assis
298. A CARTEIRA DE MEU TIO
    Joaquim Manuel de Macedo
299. CATECISMO DA FILOSOFIA
    Huberto Rohden
300. APOLOGIA DE SÓCRATES
    Platão (Edição bilíngue)
301. RUMO À CONSCIÊNCIA CÓSMICA
    Huberto Rohden
302. COSMOTERAPIA
    Huberto Rohden
303. BODAS DE SANGUE
    Federico García Lorca
304. DISCURSO DA SERVIDÃO
    VOLUNTÁRIA
    Étienne de La Boétie

305. CATEGORIAS
Aristóteles

306. MANON LESCAUT
Abade Prévost

307. TEOGONIA /
TRABALHO E DIAS
Hesíodo

308. AS VÍTIMAS-ALGOZES
Joaquim Manuel de Macedo

309. PERSUASÃO
Jane Austen

310. AGOSTINHO - Huberto Rohden

311. ROTEIRO CÓSMICO
Huberto Rohden

312. A QUEDA DUM ANJO
Camilo Castelo Branco

313. O CRISTO CÓSMICO E OS ESSÊNIOS - Huberto Rohden

314. METAFÍSICA DO CRISTIANISMO
Huberto Rohden

315. REI ÉDIPO - Sófocles

316. LIVRO DOS PROVÉRBIOS
Salomão

317. HISTÓRIAS DE HORROR
Howard Phillips Lovecraft

318. O LADRÃO DE CASACA
Maurice Leblanc

319. TIL
José de Alencar

SÉRIE OURO
(Livros com mais de 400 p.)

1. LEVIATÃ
Thomas Hobbes

2. A CIDADE ANTIGA
Fustel de Coulanges

3. CRÍTICA DA RAZÃO PURA
Immanuel Kant

4. CONFISSÕES
Santo Agostinho

5. OS SERTÕES
Euclides da Cunha

6. DICIONÁRIO FILOSÓFICO
Voltaire

7. A DIVINA COMÉDIA
Dante Alighieri

8. ÉTICA DEMONSTRADA À MANEIRA DOS GEÔMETRAS
Baruch de Spinoza

9. DO ESPÍRITO DAS LEIS
Montesquieu

10. O PRIMO BASÍLIO
Eça de Queirós

11. O CRIME DO PADRE AMARO
Eça de Queirós

12. CRIME E CASTIGO
Dostoiévski

13. FAUSTO
Goethe

14. O SUICÍDIO
Émile Durkheim

15. ODISSEIA
Homero

16. PARAÍSO PERDIDO
John Milton

17. DRÁCULA
Bram Stoker

18. ILÍADA
Homero

19. AS AVENTURAS DE HUCKLEBERRY FINN
Mark Twain

20. PAULO – O 13º APÓSTOLO
Ernest Renan

21. ENEIDA
Virgílio

22. PENSAMENTOS
Blaise Pascal

23. A ORIGEM DAS ESPÉCIES
Charles Darwin

24. VIDA DE JESUS
Ernest Renan

25. MOBY DICK
Herman Melville

26. OS IRMÃOS KARAMAZOVI
Dostoiévski

27. O MORRO DOS VENTOS UIVANTES
Emily Brontë

28. VINTE MIL LÉGUAS SUBMARINAS
Júlio Verne

29. MADAME BOVARY
Gustave Flaubert

30. O VERMELHO E O NEGRO
Stendhal

31. OS TRABALHADORES DO MAR
Victor Hugo

32. A VIDA DOS DOZE CÉSARES
Suetônio

33. O MOÇO LOIRO
Joaquim Manuel de Macedo

34. O IDIOTA
Dostoiévski

35. PAULO DE TARSO
Huberto Rohden

36. O PEREGRINO
John Bunyan

37. AS PROFECIAS
Nostradamus

38. NOVO TESTAMENTO
Huberto Rohden

39. O CORCUNDA DE NOTRE DAME
Victor Hugo

40. ARTE DE FURTAR
Anônimo do século XVII

41. GERMINAL
Émile Zola

42. FOLHAS DE RELVA
Walt Whitman

43. BEN-HUR – UMA HISTÓRIA DOS TEMPOS DE CRISTO
Lew Wallace

44. OS MAIAS
Eça de Queirós

45. O LIVRO DA MITOLOGIA
Thomas Bulfinch

46. OS TRÊS MOSQUETEIROS
Alexandre Dumas

47. POESIA DE
ÁLVARO DE CAMPOS
Fernando Pessoa

48. JESUS NAZARENO
Huberto Rohden

49. GRANDES ESPERANÇAS
Charles Dickens

50. A EDUCAÇÃO SENTIMENTAL
Gustave Flaubert

51. O CONDE DE MONTE CRISTO (VOLUME I)
Alexandre Dumas

52. O CONDE DE MONTE CRISTO (VOLUME II)
Alexandre Dumas

53. OS MISERÁVEIS (VOLUME I)
Victor Hugo

54. OS MISERÁVEIS (VOLUME II)
Victor Hugo

55. DOM QUIXOTE DE LA MANCHA (VOLUME I)
Miguel de Cervantes

56. DOM QUIXOTE DE LA MANCHA (VOLUME II)
Miguel de Cervantes

57. AS CONFISSÕES
Jean-Jacques Rousseau

58. CONTOS ESCOLHIDOS
Artur Azevedo

59. AS AVENTURAS DE ROBIN HOOD
Howard Pyle

60. MANSFIELD PARK
Jane Austen